Full
House

BLUF

Loes Hazelaar

the house of books

Met dank aan Shakespeare,
wiens prachtige woorden ik vrij vertaald heb.

Omslag: Samantha Loman
Binnenwerk: ZetSpiegel, Best

ISBN 978 90 443 2859 2
NUR 284
D/2011/8899/6

www.loeshazelaar.nl
www.thehouseofbooks.com

Voor Wim en Riek, met respect en liefde

1

Errol

4 Juli

De planken kraakten onder zijn blote voeten. De vloer leek te kermen onder zijn gewicht. Of was het leedvermaak? Als hij een vloerplank was en zichzelf van onderaf zou zien, zou hij dan ook moeten lachen? Of juist huilen? Hij rolde de bureaustoel naar achteren en drukte zijn billen tussen de twee armleuningen door op de zitting. Het was altijd even mikken. Drank maakte minder zeker. Maar het lukte. Hij voelde de kunststof leuningen in zijn zij drukken als een strakke omhelzing. Zijn romp zat vastgeklemd in de stoel, zijn benen persten zich tegen het bureaublad. Hij zette de fles wodka links van het toetsenbord neer. Hij tikte op wat toetsen en bewegende beelden trokken voorbij.

Toen hij de opnames begon, had hij ontdekt dat onvoorspelbaarheid het voornaamste onderdeel van avontuur was. Dat gold in het theater en film, maar ook in het dagelijkse leven. Publiek wist nooit van tevoren hoe een stuk precies gespeeld ging worden. Op straat wist je niet op voorhand wat een toevallige passant ging doen. Het was nooit te voorspellen en daardoor spannend. Hijzelf wist in dit project ook niet van tevoren wat de dialoog, monoloog of handeling van de personages zou zijn. Soms praatten mensen hardop met zichzelf en volgden er onverwacht boeiende ontboezemingen. En een dialoog kon veelbelovend starten en dan stranden in stompzinnig geleuter. Het was niet te voorzien. Hij was het doorgeefluik van wat zich aandiende. Of niet?

Even was het of zijn hersens stilvielen. Of had hij de opnameleider kunnen zijn, de regisseur? Dat was een interessante gedachte. Errol tuitte zijn lippen. Ja, zo had het natuurlijk ook kunnen zijn. Het hoefde niet per se een getrouwe reproductie te zijn. Hij kon ook besluiten om zelf de koers van zijn productie te bepalen. Wat boeide hem meer: de werkelijkheid naar zijn hand zetten of de spanning van het onvoorspelbare leven?

2

Tess

1 Juli

Duinkerken lag ver achter ons, we naderden Dover. Een weergaloos gezicht was het; de krijtrotsen van Dover.
'*The white cliffs of Dover*,' zong Ruben naast me, 'ze zien eruit als gesluierde bruiden.'
Ik knikte.
'Of met poedersuiker bestoven taartpunten,' voegde hij peinzend toe.
Boven onze hoofden scheerden meeuwen wit door de helblauwe lucht. Sommige hingen klaaglijk krijsend boven de boot, bedelend om chips of brood. Ze waren zo tam dat ze uit de hand aten.
Een stem klonk uit de luidsprekers over het dek en kondigde in het Engels aan dat we zo zouden aankomen in

Dover en of we zo vriendelijk wilden zijn om ons allemaal naar onze voertuigen te begeven.

'Onze koets wacht, *darling*,' zei Ruben en hij pakte me bij mijn arm.

'Ruben, wees niet zo'n macho terwijl je eigenlijk een watje bent,' reageerde ik.

Hij gooide zijn hoofd achterover en lachte uitbundig. 'Jij hebt me nodig, schat, of ik nou een macho of een watje ben. Ik heb je ouders beloofd om op je te passen, weet je nog? Anders krijgen we ongelukken. Want je mag nooit vergeten, Tess, jij bent en blijft een meisje uit de provincie en je gaat nu naar een gevaarlijke wereldstad.'

'Ruben, doe gewoon! Je kent mijn ouders niet eens! Ik woon al een jaar op kamers en kan prima voor mezelf zorgen.' Ik stak mijn handen in de lucht en liet mijn vingers wapperen. 'Kijk, ik vaar gewoon veilig het Kanaal over, met losse handen nog wel.'

'Wacht maar af, darling. Londen is niet zomaar een stad. Het bruist en kolkt er als in een frituurpan en jij bent het kipnuggetje. Je ziet er sowieso uit om op te eten.'

Ik proestte het uit en riep: 'Doe je altijd zo dramatisch in je vrije tijd? Dat kun je beter bewaren voor in de les. Ik ben zo benieuwd naar de workshops op de Academy. Speel jij daar maar een aangebrand kipnuggetje.'

'Over kipnuggetjes gesproken, schat, ik heb net onze colaatjes betaald. Mag mijn portemonnee even in jouw tas? Anders ben ik bang dat ik 'm verlies.'

Ruben zwaaide met zijn grote leren portefeuille en ik

hield mijn schoudertas open: ‘Kieper ’m er maar in. Maar dan moet je zelf onthouden dat je hem weer terugvraagt, oké? Want ik vergeet wel eens wat.’
Hij knikte overdreven gehoorzaam en zei: ‘Reken maar van yes.’

We liepen samen het dek af en namen de drie metalen trappen naar beneden. Lange rijen auto’s, busjes en campers stonden naast elkaar opgesteld in het ruim, wel acht rijen breed.
Ruben greep mijn hand stevig vast en trok me mee. ‘Hier is ons busje,’ zei hij en hij stopte bij een zilvergrijze luxe kleine touringcar. De chauffeur stond bij het portier, knikte ons vriendelijk toe en zei: ‘Jullie zijn de eersten, stap maar in.’
‘Zie je nou dat je weer overdrijft, uitslover, nu zijn wij de eersten,’ zei ik, terwijl we naast elkaar op de voorste bank neerploften. Mijn knieën raakten bijna het stalen hekje voor ons, lange ledematen zijn niet altijd even handig. Ik trok mijn lichtbruine suède rokje iets verder naar beneden over mijn bovenbenen. Te veel bloot wordt je dood, zei mijn moeder altijd, want een koutje kan lelijk aflopen. Ik glimlachte even, ze had altijd volop bizarre wijsheden die ze gul met ons deelde.
‘We hebben nu wel de leukste plaatsen, darling,’ reageerde Ruben tevreden.
De bus stroomde langzaam vol. Ik zwaaide een paar keer naar bekenden. We waren in totaal met tien studenten op pad. Ruben en ik van onze theateracademie in

Breda, drie studenten van de toneelschool Amsterdam en vijf studenten van de Kleinkunstacademie Arnhem. Onze reis was een uitwisselingsinitiatief, georganiseerd door de Royal Academy of Drama in Londen. Afgelopen herfst waren tien studenten van de Academy naar Nederland gekomen. Een aantal van hen was ook een paar dagen te gast geweest op onze academie. Nu was het onze beurt om hun school te bezoeken.

Omdat het reisje gepland was in de eerste week van de zomervakantie, was er niet veel animo geweest om in te schrijven. Ik wilde echter dolgraag. Want mijn alternatief was twee volle weken met mijn ouders mee op vakantie naar familie in Zuid-Frankrijk, een soort griezelig uit de hand gelopen reünie. Maar ik had het beloofd – in mijn familie is familie heilig – dus er was geen ontkomen aan. Tot deze studiereis zich aandiende! 'Leerzaam' en 'zinvol' waren de magische woorden waarmee ik mijn ouders in een mum van tijd wist te overtuigen. En nu bleef er dus nog maar een weekje met mijn ouders over. Gevolgd door een weekje Rimini met mijn beste vriendinnen Lotte en Marieke, daar verheugde ik me krankzinnig op!
Er moest, ondanks het lage aantal aanmeldingen, toch nog geloot worden en Ruben en ik bleken uitverkoren. Ik kende Ruben redelijk goed, tenminste, hoe goed ken je iemand ooit? Hij was net als ik eerstejaars en we volgden regelmatig dezelfde lessen. We kletsten en lachten weleens op school, gewoon gezellig. In de lessen kon hij

soms eigenwijs overkomen, buiten school leek hij nogal op zichzelf. Hij was geen doorsnee type. Het leek me sowieso interessant hem wat beter te leren kennen nu we toevallig samen op studiereis gingen. Ik nam hem op en vroeg me af wie hij werkelijk was achter zijn hoornen bril met nepglazen, onder zijn bordeaux kasjmier pet, in zijn roze overhemd en zwartflanellen broek. Niet dat ik wilde weten hoe hij er onder zijn kleren in zijn blootje uitzag, dat boeide me niet. *Absolutely not!* Nee, het ging me om zijn binnenkant. Normaal gesproken voelde ik met mijn zesde zintuig wel redelijk aan hoe iemand in elkaar stak, maar bij hem werkte mijn antenne niet. Te veel tegenstrijdigheden. Hij kleedde en gedroeg zich als een extravagante dandy, maar zijn optreden op toneel was scherp, nooit halfzacht of nonchalant. Hij speelde de klassiekers met de precisie van een neurochirurg. Alleen improviseren ging hem niet soepel af. Dan struikelde hij over zijn lichaam en woorden. Het was of hij op slot sprong en blokkeerde zodra hij inspiratie en drama uit zichzelf in plaats van uit een script moest halen.

Het luik van het ruim opende zich langzaam, als de muil van een lui nijlpaard. Het daglicht werd zichtbaar, de kade van Dover lag voor ons. Langzaam reden we – in een lange colonne – de boot af. We passeerden het glazen hokje van de douane. Een beambte wierp een vluchtige blik op ons en knikte. We maakten een grote bocht, sloegen af naar links en verlieten de haven. 'Dat ging lekker snel,' hoorde ik Benjamin Lorens zeg-

gen. Hij zat op de passagiersstoel naast de chauffeur. Benjamin gaf kunstgeschiedenis op onze school en was tijdens deze reis onze begeleider.
'Het is hoogseizoen, dan is het onbegonnen werk om alle auto's te controleren,' verklaarde de chauffeur.
Ruben zei: 'Zo'n job zou ik ook wel willen. De hele dag in zo'n hokje zitten en ja knikken, da's makkelijk verdienen. Maar het kan nog makkelijker.'
'Hoe dan?' vroeg ik.
Hij grijnsde en zei: 'Kijk eens wat ik heb gescoord!'
Hij hield zijn portemonnee in zijn hand en wapperde ermee voor mijn gezicht.
'Ruben, je hebt me gerold!' riep ik uit.
Hoe had hij dat gedaan? Ik had er niets van gemerkt!
'Dit is het bewijs dat ik geen watje ben, vind je niet?' zei hij vrolijk.
'Ja, zeker weten, stoer hoor, je eigen portemonnee stelen,' spotte ik.

'Tess en Ruben, we rijden jullie straat in. Hier logeren jullie de komende vier nachten. Blythe Street nummer 4 bij de familie Duncan. Hun zoon Max zit op de Academy, hij is derdejaars,' kondigde Benjamin aan. De bus stopte voor een rijwoning met de allure van een kleine villa. Erker, dakkapel, voortuin met rozen en een eikenhouten voordeur onder een rietgedekt afdakje.
'Rijtjeswoningen in Engeland hebben zoveel meer klasse dan die in Nederland,' zei Ruben terwijl we uitstapten.
Ik knikte.

‘Ik zie jullie vanavond bij de welkomstborrel in de pub,’ zei Benjamin.
De busdeur sloot zich en we liepen het tuinpad op naar de voordeur. Mijn reistas hing zwaar aan mijn schouder. Ik nam altijd te veel kleren mee. Ruben blijkbaar ook, zag ik. Hij trok een Samsonite-koffer met het formaat van een kledingkast achter zich aan over het hobbelende pad. Ik drukte op de bel. Het was of er iemand achter had staan wachten want de deur ging onmiddellijk open. Er stond een jongen in de opening. Ik ben lang maar hij was nog veel langer. Zijn krullen glansden zwart, als de verentooi van een raaf. Donkere melancholische ogen namen ons op.
‘Jullie zijn vast Tess en Ruben,’ zei hij, zonder een spoor van een glimlach.
‘Inderdaad,’ antwoordde ik in mijn beste Engels. ‘Het is een genoegen je te ontmoeten, ik ben Tess.’
Ik stak mijn hand uit. Hij keek even naar mijn vingers – spits en slank – en omsloot ze toen met de zijne. Het voelde verrassend warm. Fijn. Ik merkte opeens dat mijn hart bonkte, als een opgewonden kloppen op een deur. Waarom? Moest er een deur geopend worden? Ik zag zijn ogen even oplichten – of verbeeldde ik me dat? Allerlei gevoelens roerden zich in me terwijl hij zich voorstelde als Max. Toen richtte hij zich tot Ruben, die naast me stond.
‘Dan moet jij Ruben zijn,’ zei Max ernstig en hij schudde hem de hand. ‘Welkom, kom binnen.’
Max ging ons voor naar de woonkamer en stelde ons

voor aan zijn moeder. Zij was een lange elegante vrouw, haar donkere haar opgestoken in een losse knot. Heel anders dan mijn eigen potige moeder met haar korte blonde koppie.
'Wat enig kennis met jullie te maken, mijn naam is Eve Duncan. Jij heet Tess, hè? Wat een prachtige naam, een Engelse naam. En wat een beeldig shirt draag je, die kleur groen flatteert je enorm, met je koperkleurige haren. En jij bent Ruben, wat leuk je te ontmoeten. Ik zal jullie de kamers wijzen. Willen jullie nu een kop thee of liever later?' zei Eve in één ononderbroken stroom. Ik verstond de woorden goed maar ik had moeite ze door te laten dringen. Het was of ze net buiten mijn oren bleven zweven en hun betekenis nog even vasthielden, als een echo. Was het de onwennigheid van de taal of de nabijheid van Max die me afleidde?
Ruben antwoordde voor mij, in keurig Engels: 'Thee zou heerlijk zijn, dank u.'
Tijdens het theedrinken wisselden Ruben en Eve enthousiast hun Parijse reiservaringen uit.
'Ben jij wel eens naar Parijs geweest?' vroeg Eve me.
Ik knikte: 'Ja, één keertje, met mijn ouders.'
Ruben begon een monoloog over Quartier Latin. Ik merkte dat ik mijn aandacht er maar moeilijk bij kon houden. Mijn ogen dwaalden steeds naar Max. Ik had nooit eerder een jongen – of man – ontmoet die tegelijkertijd zo afstandelijk en toch vertrouwd voelde. Hij roerde zwijgend in zijn theeglas. Zou hij een bluestype zijn? Zou er zigeunerbloed door zijn aderen stromen?

Ik had altijd al een weelderige fantasie gehad, maar die leek zichzelf nu te willen overtreffen. Dit was een doodgewone Engelse dramastudent luisterend naar de doodnormale naam Max Duncan, hield ik mezelf voor. De theepot was leeg, we stonden op.
'Max, hou jij van bluesmuziek?' De vraag glipte er onverhoeds uit.
Max keek me even doordringend aan voordat hij zijn ogen neersloeg en antwoordde: 'Ik vind blues beeldschoon.'

Eve wees ons onze kamers en zei: 'Hier is de sleutel van de voordeur. Het avondeten is om zes uur.'
Ik nam de sleutel aan en stopte hem in een zijvakje van mijn schoudertas. Ruben en ik mochten een eigen badkamer op de gang gebruiken en we kregen twee slaapkamers tegenover elkaar tot onze beschikking. Het had me niet echt uitgemaakt als ik een kamer met Ruben had moeten delen. Ruben was een meisjesman met een voorliefde voor jongens, niet echt een verleiding. Alleen weet Max dat niet – schoot het door mijn hoofd – dus veel beter zo!
'Mag ik roken op mijn kamer?' vroeg Ruben aan Eve.
'Als je het maar bij het open raam doet,' zei Eve.
Ik liep mijn kamer in en na een '*see you later,* Ruben' sloot ik de deur achter me. Mijn maag tintelde, mijn hoofd duizelde. Ik liet mijn reistas van mijn schouder glijden, gooide mijn schoudertas in een stoel en liet me op het bed vallen. Was dit nu *love at first sight*? Of was

ik malende? Ik haalde een paar keer diep adem via mijn onderbuik – een ademhalingsoefening geleerd op school, de remedie tegen gillende zenuwen, plankenkoorts en dus ook tegen vermeende hysterische verliefdheid – schudde mijn hoofd en stond op. Niet meer denken aan die doodnormale dramastudent Max Duncan die je over een paar dagen nooit meer ziet, Tess. Ik tilde mijn reistas van de grond, zette hem op bed en ritste hem open. Ik pakte mijn toilettas eruit. Die zette ik op mijn nachtkastje. Een paars minirokje, een grijze legging, jeans en twee shirts haalde ik uit de tas en legde ik op de planken in de kledingkast. Mijn vestje gooide ik over de stoel. Ik drapeerde een jurkje op een hanger. Het was van glanzende vlammende zijde in groen, goud, geel, bruin en oranje. Ruben was er weg van geweest, toen ik hem een keer op een schoolfeest had gedragen. Hij vond me 'een vurig feestje' in die jurk. Met mijn amandelvormige groene ogen en krullende roodblonde haar. En mijn te dikke kont en blubberbenen. Dat ook. Je bent een frisse gezonde meid, zei mijn moeder altijd. Ik hield er niet van als ze dat zei. Ik voelde me dan net een blozend melkmeisje of een roze big.

Naast de kledingkast hing een lange smalle passpiegel. Ik ging ervoor staan. Terwijl ik mezelf kritisch bekeek, probeerde ik me voor te stellen hoe Max mij zag. Ik wilde mezelf zien met zijn ogen. En ik fantaseerde hoe hij naast me zou staan, in de manshoge spiegel. Hij paste er misschien niet eens in, want hij was lang. Met zijn glimlach die – eenmaal helemaal gewekt, dat wist ik zeker – de wereld verlichtte als, als, als... een stralende ster. Ik legde mijn hand op mijn hart en negeerde daarmee mijn dramaopleiding, overtrad het regieverbod om nooit en te nimmer cliché te acteren. Nee, ik legde nu zelfs ook mijn andere hand op mijn hart, zuchtte en zag weer de oplichtende ogen van Max voor me. Ja, daaraan moest ik denken toen hij die seconde glimlachte: aan kerst. Aan kristallen kroonluchters, flonkerende kaarsen in een inktzwarte winternacht, aan...

Er werd op de deur geklopt. Ik schrok, voelde me belachelijk, betrapt als een zwijmelende dertienjarige in het lichaam van een adolescente achttienjarige, en liet mijn handen langs mijn lichaam vallen.

'Ja?' riep ik.

'Ik ben 't,' antwoordde een stem. Max?!

Ik voelde mijn hart versnellen, liep naar de deur en opende hem.

'Hallo!' galmde Ruben door de gang. 'Was het niet precies Max zoals ik dat deed? Ben ik niet meesterlijk in imitaties?'

'Je bent meesterlijk in irritaties,' snauwde ik en ik trok hem mijn kamer binnen.

3

Errol

4 Juli

Errol plaatste zijn ellebogen op het bureaublad en legde zijn handen tegen elkaar. Tussen zijn benen door kon hij nog net zijn voeten zien. Zijn witte tenen trommelden op de planken vloer. Hij zette zijn duimen onder zijn kin – als vleeshaken in een ham – de vingertoppen raakten elkaar onder zijn neus. Hij rook de tabakslucht die zich in zijn middelvinger had gebrand en snoof de geur op. Er zijn mensen die afvallen van roken, had hij weleens gelezen, maar hij niet. Hij sloot zijn ogen even en woog de mogelijkheden nogmaals tegen elkaar af: laten leven of doen leven? Het plan bolde in zijn brein en vulde het skelet van zijn kale gedachtepijlers.
Gulzig vrat zijn geest zich vol.

Hij opende een lege pagina en begon te tikken op het toetsenbord. Een raamwerk, een plot. Personages. Een dialoog, als vingeroefening. Na een halfuur was de witte vlakte gevuld met rijen van pas aangeplante woorden. Zijn blik gleed door de tekst, van boven naar beneden.

Aanhalingstekens gebruikte hij niet. Te veel werk, daar had hij het geduld niet voor. En wat maakte het ook uit? Het veranderde niets aan de inhoud van een script, ze maakten de tekst niet beter of slechter. Hij tikte gehaast verder aan een volgende dialoog. Toen hield hij in. Aanhalingstekens waren wel de aanwijzingen voor de spelers, realiseerde hij zich plotseling, het signaal dat aangaf dat er hardop gesproken moest worden. Hij haalde zich de stemmen van de spelers voor de geest, hun postuur, hun temperament. Daar moest hij het mee doen. Hij keek naar zijn vingers, toen naar het scherm en mompelde: 'Mijn personages... wat is een script waard zonder goede spelers?'

4

Tess

1 Juli

'Wat gaan we ook alweer doen after dinner, schat?' vroeg Ruben en hij plofte op mijn bed neer.
'Een welkomstdrankje, dacht ik. Kijk maar op het weekschema, dat zit ergens in mijn schoudertas. Lees het even hardop voor, wil je, dan maak ik me ondertussen op,' verzocht ik.
Ruben liep eerst op zijn gemak door de kamer, bekeek de aquarellandschapjes aan de muur – schudde meewarig zijn hoofd – liet zich daarna op het bed ploffen en pakte mijn handtas.
'Geinig ontwerp is dit, heb je 'm nieuw?' vroeg hij.
'Ja, nieuw en oud, afgelopen weekend, Waterlooplein Amsterdam.'
'In Londen moet het *heaven* zijn voor jou, als vintage freak.'

‘Ja, ik heb me al grondig georiënteerd. Tijd of niet, ik wil vrijdag of zaterdag naar Notting Hill, Portobello Road Market. Dat is de hotspot. Brick Lane is ook leuk maar alleen geopend op zondag, dan zijn we alweer weg. En Camden Market is net iets te fancy, heb ik gehoord.’

‘Dan ga ik met je mee, kijken of ik nog wat leuke stroppen kan scoren.’

Ik knikte en bekeek Ruben in de spiegel. Hij schaamde zich nergens voor, kleedde zich altijd even extravagant. Met rijke ouders kon je je dat veroorloven, zijn toelage was ruimer dan de mijne. Hij had ooit een bedrag genoemd dat me deed watertanden. Maar ik was niet jaloers, nooit eigenlijk. Wel eens heetgebakerd en ongeduldig, verstrooid en impulsief, eigenwijs en betweterig, fijngevoelig, vergeetachtig en slordig, maar nooit jaloers.

Ik zag hoe Ruben de brief uit mijn tas viste en hem openvouwde.

‘*Hear hear*. Dag een, woensdag, dat is vandaag. Welkomstborrel in pub The Round Glass. Donderdag: rondleiding op de Academy, lunch en workshops, gevolgd door een traditionele high tea in de mensa. Diner met zijn allen in The Round Glass. Vrijdag: workshops op de Academy, ’s avonds diner en een voorstelling in West End van *The Mousetrap*. Waarom we niet naar Shakespeare gaan in The Globe Theatre is mij een raadsel… zeker te duur.’

'Joh, *The Mousetrap* van Agatha Christie is juist super! Dat wordt al opgevoerd in het St. Martins Theatre sinds 1974, wist je dat? Het is de langst lopende toneelvoorstelling ter wereld.'
'Beetje bejaard dan ondertussen, of niet? Waarom hebben ze er nooit een film van gemaakt? Dan was ze binnengelopen, die Christie.'
'Ze heeft in haar testament laten vastleggen dat het toneelstuk niet verfilmd mag worden zolang het nog in het theater wordt gespeeld, heb ik ergens gelezen. En bovendien heeft ze de rechten cadeau gedaan aan haar kleinzoon toen die tien werd,' antwoordde ik.
'Da's nog eens een suikeroma! Wat zou zoiets waard zijn, in euro's?' vroeg Ruben zich hardop af.
'Geen idee,' antwoordde ik terwijl ik de dop weer op de mascara schroefde, 'al snel een miljoen, misschien?'
'Dus dat toneelstuk is net zoveel waard als twintig kilo coke,' mijmerde Ruben.
Ik keek hem verbaasd aan en vroeg: 'Hoe weet jij dat nou?'
'Nou, om dezelfde reden als jij die dingen over *The Mousetrap* weet; ik lees ook weleens wat. Ik doe research, als voorbereiding op mijn rol als drugsverslaafde Romeo. Ons volgende toneelstuk na de zomer, een eigentijdse *Romeo en Julia*, weet je nog?'
'O ja, klopt,' antwoordde ik.
'En zaterdag, *last but not least*, hebben we een dagje vrij en is er 's avonds een afscheidsborrel in, ja ja, The Round Glass.'

'Yes, dan ga ik zaterdag dus naar Portobello Road Market!' juichte ik en ik borg mijn make-up op in mijn toilettas.
'Jij gaat daar vast totaal uit je bolletje. Ik zal dan maar meegaan als je shopping-guard, om je te behoeden voor al te buitensporige uitgaves, hè darling?' bood Ruben aan.
'Moet jij zeggen, met je gigabudget!' riep ik uit.
Ruben grijnsde en zei: '*Touché*, darling. Wat heb jij je trouwens opgedoft, is dat voor de jongeheer des huizes?'
'Welnee, ik vind het gewoon leuk om me op te maken als ik uitga.'
'Wat vind jij trouwens van Max?' vroeg Ruben.
'Mmm, jij dan?' antwoordde ik zo achteloos mogelijk.
'Ik weet eerlijk gezegd niet wat ik van hem moet denken. Mooi maar humeurig. Jij?'
'Ik ook niet,' hield ik me op de vlakte. Veraf maar toch dichtbij vond ik Max, maar dat zei ik niet hardop tegen Ruben. Dat soort vage gevoelsdingen vertelde je alleen aan je vriendinnen. Jongens vonden dat zweverig geklets en begrepen het niet. Zelfs een softie als Ruben niet.

Max was nogal stil tijdens het eten. Maar vanbinnen leek hij me levendig genoeg. Het was of iets in hem had besloten om niet naar buiten te komen. Zijn ingetogen gedrag leek eerder een houding dan zijn natuur.
Eve praatte honderduit en betrok ons allemaal zoveel mogelijk bij het gesprek.

'Vertel Tess en Ruben eens over je studiereis naar Holland van afgelopen jaar!' nodigde ze haar zoon uit.
'Was jij in Nederland?' vroeg ik verbaasd.
Max knikte: 'Ja, verleden voorjaar.'
'Heb je toen onze school bezocht?' vroeg Ruben.
'Nee, we bleven in Amsterdam. We hadden een fantastische tijd daar. Het was mijn eerste bezoek aan Amsterdam, ik vind die stad geweldig.' Zijn ogen leefden op toen hij vertelde.
'En zag je de Wallen en coffeeshops?' informeerde Ruben.
'Zeker, dat is onvermijdelijk, hè?' antwoordde Max. Het licht in zijn ogen doofde weer.
'En heb je Hollandse kaas geproefd?' vroeg ik. Ik wilde hem opvrolijken. *Please, say cheese,* dacht ik.
Max en zijn moeder zaten naast elkaar, recht tegenover Ruben en mij. Ik voelde hun donkere ogen op me rusten. Die van haar stonden zacht, die van hem geamuseerd. Max zweeg en Eve antwoordde: 'Jazeker. Hij bracht zelfs een grappig rond kaasje voor me mee, heel smakelijk.'
'De perfecte zoon,' zei Ruben.
'Niet perfect genoeg,' antwoordde Max.
Ik zag dat Eve even haar hand op zijn arm legde.
Toen schoof Max zijn stoel naar achteren en ruimde de dessertschaaltjes van de tafel. Hij verdween naar de keuken om niet meer te verschijnen.

Na het diner liepen Ruben en ik nog even terug naar onze kamers. Ik pleegde snel een belletje naar mijn ouders in Frankrijk om te melden dat alles goed met me was.

'Dat was heerlijk,' zei Ruben, terwijl hij in de deuropening van mijn kamer kwam staan en genietend op zijn maag klopte.

'Ja, Eve kan goed koken. Zoveel beter dan mijn moeder met haar pakjes- en potjesmenu.'

'Die Max is niet echt een gangmaker, hè? Ben benieuwd of hij van uitgaan houdt,' zei Ruben.

'Daar komen we vanzelf achter. Hij gaat ook naar de pub, denk ik. Goh, een echte pub. Ben jij daar wel eens geweest?' vroeg ik.

Ik praatte over zijn opmerking heen, ik merkte dat ik geen zin had om het met Ruben over Max te hebben. Ik greep mijn vestje van de stoel en tas van het bed.

'Nee, dit wordt mijn pubpremière,' antwoordde hij.

'De mijne ook,' zei ik.

'Mag mijn portemonnee weer meeliften in jouw tas?' vroeg Ruben.

'Tuurlijk, maar dan moet je hem zelf maar pakken als je hem nodig hebt. Mijn tas is de jouwe, oké? Laten we gaan,' zei ik.

Hij knikte en liet de leren portemonnee in mijn tas glijden.

Ruben klopte op de deur van de woonkamer. Eve deed open en keek ons vragend aan.

'Gaat Max met ons mee naar de pub?'

'Ja, wacht even, dan pak ik mijn jas,' hoorde ik zijn stem.

Hij kwam de hal in en liep naar de kapstok. Zijn moeder volgde ons.
Max trok de voordeur open en Eve gaf hem een zoen op zijn wang.
'Pas goed op jezelf, lieverd,' zei ze.
Ik vond hun afscheid schattig. Eve leek zo bezorgd om die heel grote jongen die een kop boven haar uittorende. Ze keek hem aan alsof hij nog haar kleuter was, op zijn eerste schooldag.
'Doe ik, geen zorgen,' antwoordde hij.
Max liep de deur uit en wij volgden hem.
'Het is maar tien minuutjes lopen naar de pub,' verklaarde hij.
'Dan zul je daar wel vaak te vinden zijn, neem ik aan,' zei Ruben grijnzend.
'Niet echt,' antwoordde Max en hij deed er verder het zwijgen toe.
Ruben haalde zijn schouders op en trok een grimas die voor mij bestemd was.
'Wat zei ik je? Het is een slome,' zei Ruben in het Nederlands.
'Doe niet zo onbeleefd en praat Engels,' zei ik kortaf.
Ik ging naast Max lopen en zei: 'Je moeder kan echt goed koken, zeg. De mijne is griezelig slecht in de keuken! Ik ben altijd bang dat ze me per ongeluk een keer vergiftigt.'
Max glimlachte en antwoordde: 'Mijn moeder heeft altijd in een restaurant gewerkt.'
'Is je vader ook een goede kok?' vroeg ik.

'Ja. Ze hadden het restaurant samen. Maar hij wilde met een soort vervroegd pensioen. Verleden jaar hebben ze de zaak verkocht en een vakantiehuis net onder Parijs gekocht. Daar is hij.'
'Mijn ouders zijn nu ook met vakantie in Frankrijk, de Provence. Ik ga na dit reisje naar ze toe. Heb jij nog broers of zussen?' vroeg ik.
Voordat hij kon antwoorden, klonk er gejoel van de overkant van de straat.
'Hé Tess, Ruben, joehoe!'
Het waren onze medestudenten.

De pub was precies zoals ik me een pub altijd had voorgesteld. Laag plafond, ramen met kleine ruitjes, manshoge stenen haard, lange houten bar met glimmende koperen biertaps en overal zitjes. En natuurlijk een dartbord. Benjamin was er al. Hij wuifde en zat aan een grote tafel die voor onze groep gereserveerd was.
We namen allemaal plaats en tot mijn grote plezier – gelukkig toeval of lot – kwam ik terecht naast Max. Het meisje dat links van hem zat, legde helaas ogenblikkelijk beslag op hem. Ruben kwam overeind en liep weg, waarschijnlijk naar de wc. Een nogal vervelende jongen uit onze groep zat tegenover me en probeerde een praatje met me aan te knopen. Geen zin in. Er klonk een luid gebel. '*Happy Hour*!' riep de barkeeper. Toen Benjamin een rondje aanbood en vroeg wie hem wilde helpen met halen, stond ik op. Terwijl we bij de bar wachtten op onze beurt, bekeek ik de lange witte muur rechts

van me. Die was beklad met korte teksten en tekeningen. Ik begon zomaar ergens te lezen:

Here I sit, broken hearted,
try to weep, but only drink.
A broken heart is very thirsty.

Ik moest glimlachen. Verdriet heeft humor nodig, dat geeft contrast en spanning. Dat hadden de oudste dramaschrijvers al begrepen. Aan het andere einde van de bar ontdekte ik Ruben. Hij was druk in gesprek met twee mannen. Een van hen – breedgeschouderd en met een pet – sloeg Ruben op zijn schouder alsof hij zijn beste vriend was. Ondanks hun grove gelaatstrekken waren ze knap, zou dat het type zijn waar Ruben op viel? Ik nam me voor hem dat straks te vragen.
Pal achter me passeerden twee meisjes, ik hoorde hun gesprek.
'Zag je Max Duncan? Hij ziet er goed, hè?'
'Zeker weten! Lang geleden dat we hem zagen, hè?'
'Hij heeft het zwaar gehad.'
'Ja, het moet verschrikkelijk voor hem zijn geweest.'
Een gloed trok door mijn maag, ik draaide me om.
De meisjes wurmden zich verder, tussen de bezoekers door, naar de wc.
Wat voor iets vreselijks was Max overkomen?
Ik tuurde zijn kant op en ving zijn blik. Hij knipoogde.
'Tess, pak eens aan,' hoorde ik Benjamins stem.
Ik draaide me naar hem toe en nam een blad boorde-

vol grote bierglazen aan. Voordat ik een stap richting tafel had kunnen zetten, stond Max al voor me en nam het blad van me over.

'Laat mij dat maar doen,' zei hij galant, 'ga jij lekker zitten.'

5

Errol

4 Juli

De zon ging onder en verdween langzaam achter de hoge bomen. Vanuit zijn kamer in het souterrain zag Errol hoe het grasveld voor het huis steeds langere schaduwplekken vertoonde. Hij sloot het bestand en sloeg het op als 'Georganiseerde bende'. GB. Great Britain. Even sloot hij zijn ogen. Hij was tevreden over de eerste pagina's van zijn script. Maar hij wist dat dat niet genoeg was. Hij had pittige spelers nodig. Die de karakters uittilden boven het normale en een extra duwtje gaven aan de gebeurtenissen. Er moest leven in de brouwerij komen. Een waardeloos script kon gloreren met goede spelers, maar een goed script kon volledig verpest worden door slechte spelers. De cast waarmee hij het tot nu toe moest doen, was te futloos. Al waren het allemaal jongeren, ze hadden geen esprit, geen glans. Doodgeslagen biertjes waren het. Errol grinnikte even. Toen begon zijn lach bitter te smaken. Wie kon hij bellen? Wie wilde voor hem spelen? Eigenlijk had hij geen vrienden meer. Of liever gezegd, zijn vrienden hadden hem niet meer. Hij was degene die zich terugtrok. Sinds hij het Vleugeltheater had verlaten, was zijn leven als een lege zaal na een voorstelling. Zijn gedachten en woorden kwamen en gingen, passeerden geluidloos door de ruimte, zonder weerklank, zonder applaus. Hol was zijn kamer, hol waren de dagen. Hol als zijn maag, die constant gevuld wilde worden. Vrienden. Wat waren vrienden? Ze aten mee uit je trog en proostten met je op het succes zolang het duurt.Vriendschap duurde een champagnefles lang. Toen de feestbubbels op waren, werd het stil. En eenzaam.

6

Tess

2 Juli

Ik kon niet in slaap komen. Steeds als ik mijn ogen sloot, zag ik van alles gebeuren aan de binnenkant van mijn oogleden. Nee, niet van alles. Vooral Max was er aanwezig. We hadden twee uur naast elkaar gezeten aan de lange pubtafel. Toen Max me een glas had voorgezet – een vaas vol donkerbruin lauw bier zonder schuimkraag – plofte hij naast me neer en keek me aan, zijn ogen helder en indringend.

'Zo, vertel me nu eens wat over jezelf, Tess, dit is jouw welkomstfeestje.'

'Eh... er valt niet veel te vertellen,' antwoordde ik, opeens verlegen.

'Dat geloof ik niet. Waar ben je geboren, vertel eens over je familie. Waarom wil je toneelspelen? Wat eet je het liefst? Hou je van zwemmen? Wat is...?'

'Oké, oké! Ik snap wat je bedoelt,' riep ik lachend.
Ik vertelde hem over mijn jeugd op de biologische boerderij van mijn ouders. Hoe hun bedrijf niet langer levensvatbaar bleek en ze er twee jaar geleden een kampeerboerderij van hadden gemaakt. Dat ze nu op familievakantie in Frankrijk waren en mij daar over een weekje verwachtten. Dat ik hun enige kind was. Dat ik had gekozen voor dramaschool omdat ik mezelf van jongs af aan – in mijn eentje op de afgelegen boerderij – had vermaakt met het bedenken en uitvoeren van toneelstukjes voor mijn poppen, beren en mijzelf, waarbij ik alle stemmen en handelingen voor mijn rekening nam. Mijn ouders kregen op zondag een rol, de rest van de week waren ze te druk om mee te doen. Het decor, de rekwisieten, de kleding; alles had ik in de hand. In de winter, als de koeien op stal stonden, waren zij elke avond mijn publiek. Dan zat ik met mijn theatergezelschapje midden op de koude stenen vloer van de deel alsof het een podium was, de koeien smakkend en snuivend aan weerszijden, en speelde ik iedere avond een nieuw toneelstukje. Mijn thema was altijd een reisgezelschap dat avonturen beleefde. Ver weg, in vreemde landen, waar geen biologische boerderijen bestonden en alles anders was. De geur van de warme koeienlijven, het stro en hooi, het geloei dat deed denken aan boegeroep. Ze vinden je waardeloos, zei mijn vader dan altijd, ze hebben geen smaak, ze zijn zo dom als een rund, die koeien.
Max grijnsde en leek te genieten van mijn herinnerin-

gen. En ik realiseerde me dat ik nooit eerder zo openhartig over mijn jeugd had verteld, zelfs niet tegen mijn vriendinnen.

Op dat moment stopte ik mijn verhaal want Ruben liet zich op de stoel rechts van me neervallen. Hij gooide zijn portemonnee in mijn tas en vroeg: 'Heb je het een beetje naar je zin, schat? Is Max opeens gezellig geworden? Jullie kletsen honderduit...'
'Jij anders ook, darling, met die twee hunks aan de bar,' antwoordde ik.
Ruben keek me even scherp aan en zei: 'Welke hunks? Ik heb nog geen hunks gezien sinds ik hier voet aan wal heb gezet.'
Ik schudde mijn hoofd – wat kletste hij nou? – en reageerde: 'Vind je Max dan geen hunk?'
Ruben dempte zijn stem en fluisterde: 'Absolutely. Maar hij is volgens mij mooier van buiten dan van binnen. Hij komt nogal labiel over. De ene keer stil en somber, nu weer vrolijk en druk. Waarom woont hij bij zijn moeder, in zijn eentje? Borderline of manisch depressief?'
'Doe niet zo stom,' siste ik. 'Wat je zegt, ben je zelf.'
Ruben keek me doordringend aan en zei zacht: 'Ik waarschuw je, Tess, word maar liever niet verliefd op hem. Ik vertrouw hem niet. Het leven is sowieso niet altijd een pretje, maar een liefdesrelatie met een gestoorde is slopend. En ook zonder extra ellende is liefde al zwaar genoeg, kijk maar naar Romeo en Julia. Als je wilt, doe ik navraag over Max...'

Ik schudde wild mijn hoofd en snauwde: 'Je hebt gewoon te veel drama gelezen, je ziet overal spoken. Je kent Max net en je denkt hem nu al te kunnen beoordelen. En waar bemoei je je eigenlijk mee? Er is helemaal niets aan de hand! Ten eerste ben ik niet verliefd en ten tweede is Max niet manisch. Hij is zo kalm als maar kan, hij praat samenhangend, niets aan de hand met hem. Ik denk eerder dat jij ze ziet vliegen, Ruben.'
Ruben keek naar Max en zei: 'Ik wil je alleen maar beschermen, darling, want liefde maakt blind.'
'Ja, en jouw bril lenen zal niet helpen, want die is nep. Wie is er hier nu maf?' zei ik sarcastisch.

Ik boog mijn hoofd en draaide mijn bierglas om en om tussen mijn handen, lauwer dan het al was kon het toch niet worden. Vergiste ik me in Max? Die meisjes hadden het over iets 'verschrikkelijks' gehad in verband met Max, wat zou dat zijn? Kon ik beter uit zijn buurt blijven? Had hij iets te verbergen? Ik kon er Max niet naar vragen, vond ik. Niet nu, niet in de pub. Ik kende hem amper. Maar de twijfel was gezaaid, merkte ik, en ik haatte Ruben er bijna om. Ik nam een slok warm bier en nam een besluit. Ik wilde Max beter leren kennen en zou dan mijn eigen oordeel over hem vormen, Ruben kon de pot op! Ruben wilde nog iets zeggen maar ik snoerde hem de mond: 'Nee, ik heb geen zin in jouw geroddel.'
Ik keerde hem mijn rug toe en vroeg aan Max: 'Sorry, waar waren we ook weer gebleven in mijn verhaal?'

Max antwoordde met een warme glimlach: 'We waren aan het praten over jouw jonge jaren als actrice. Fascinerend dat optreden voor de koeien, als een soort *Animal Farm*, ga door, ik ben een en al oor,' spoorde hij me aan.
Ik vertelde verder en voordat ik het wist was het twaalf uur. Alle vragen die ik hem had willen stellen, moesten wachten.
Benjamin sloot de welkomstavond af. 'Slaap lekker allemaal en ik zie jullie morgen om tien uur. Dan worden jullie opgehaald met de bus die ons naar de Academy zal brengen.'

We wandelden terug van de pub naar Blythe Street: Max en een vriend, Ruben en ik. Ruben schoof zijn arm door de mijne en hield me staande. 'Niet boos zijn, Tess. Ik wilde je avond niet verpesten met mijn opmerkingen over Max. Ik ben alleen wat bezorgd.' Hij keek me zo ongelukkig aan dat ik mijn irritatie voelde wegvloeien.
'Paranoïde zal je bedoelen! Hou daar alsjeblieft mee op. En laat m'n arm los want zo dadelijk denkt Max nog dat wij iets moois hebben. En je begrijpt dat ik dat niet kan gebruiken, nu ik volgens jou zo hopeloos verliefd op hem ben,' zei ik met een grijns.
Hij drukte me even tegen zich aan en liet me toen los.
'Zeg Ruben, viel jij altijd al op jongens?' vroeg ik.
'Ja, bewust sinds mijn negende, om precies te zijn. Ik vind ze mooier, leuker en aantrekkelijker dan meisjes.

Al mag jij er ook zijn, darling. Als jij een jongen was, had ik het wel geweten.'
'Ja, ja, dat zal wel. Op welke types word jij verliefd? Dat soort waarmee je praatte in de pub? Het stoere sportschooltype?'
'Nee, helemaal niet! Ik weet trouwens niet welke mannen je bedoelt. Ik hou meer van blond, sportief en jongensachtig,' verklaarde Ruben.
'Het cherubijntje,' lachte ik.
'En dan niet mollig maar slank,' zei hij.
'Een beetje zoals die vriend van Max?' vroeg ik.
We keken naar de twee jongens die voor ons liepen. Max groot en donker, zijn vriend tenger en blond.
'Ja, inderdaad, dat is *totally* mijn type,' fluisterde hij in mijn oor.
Dit was de keuvelende Ruben die ik kende uit de klas, zo voelde ik me weer op mijn gemak met hem.

De eerste nacht in een vreemd bed slaap ik nooit goed. Dat was vroeger al zo met logeerpartijtjes. Het had geen zin om me te verzetten tegen de slapeloosheid, ik kon er beter in meegaan, me ontspannen. Mijn mobiel gaf 02:00 aan. Ik besloot op te staan om wat water te drinken in de badkamer. Misschien nog even lezen of zo, tot mijn oogleden vanzelf dicht zouden vallen. Ik sloop de gang op en hoorde de stem van Ruben. Ik kon hem duidelijk horen praten. Kletskous!
'Nee, zij heeft geen idee, ze is zo naïef als een goudvisje,' hoorde ik hem zeggen.

Ik ging de badkamer in, ik wilde zijn gesprek niet afluisteren. Hij bedoelde met de 'zij' vast mij. Ik glimlachte en besloot hem morgen gerust te stellen. Al was ik heel misschien een beetje verliefd, ik was heus niet blind. Ik was geen provinciaals wichtje dat zich als een dom schaap om de tuin liet leiden. *No way*.
Ik opende de kraan en nam een paar flinke slokken. Verslikte me en barstte uit in een hoestbui die vast half Londen moest wekken, zo hard. Ik drukte mijn handen tegen mijn mond om het geluid te dempen en stond gebogen over de wastafel, worstelend om het hoesten te onderdrukken. Maar er was geen houden aan. Ik kokhalsde en gaf zelfs slijm over. Gatver. Ik hoorde een deur opengaan en haastige voetstappen. Dat zou Ruben wel zijn. Overbezorgde Ruben.
'Tess, *what are you doing*?' hoorde ik opeens de stem van Max achter me.
Shit, Max! Hij zag me in mijn stomste slipje en slobberigste slaapshirt, allesbehalve sexy.
Van schrik voelde ik weer een hoestbui aankomen, mijn gezicht liep nu vast paars aan. Ik bleef – hoestend en proestend, mijn vingers voor mijn mond – in het afvoerputje van de wastafel staren om Max maar niet aan te hoeven kijken.
Ik voelde een warme hand op mijn rug die kalmerend klopte. Toen stevige vingers die mijn pols pakten en me zacht bij de wastafel vandaan wilden leiden.
'Kom, dan breng ik je naar je kamer,' zei Max.
'Nee, wacht, laat me eerst even mijn gezicht was-

sen,' stribbelde ik tegen, terwijl ik mijn pols losmaakte. Ik liet wat water in mijn handen lopen, bette mijn wangen en spoelde mijn mond. Het hoesten en hijgen stopte, mijn ademhaling werd weer rustiger. Ietsje. Want dat Max achter me stond om me naar bed te brengen, kalmeerde me niet. Integendeel, ik voelde me opgefokt als een legbatterijkip. Ik droogde mijn gezicht met de handdoek en keek hem voorzichtig aan. Zou hij halfnaakt zijn? Ik hoopte het niet, *too much*! Nee, hij droeg keurig een donkerblauwe short en wit shirt.
'Klaar,' zei ik.
'Je bent zo rood als een rijp tomaatje,' zei hij met een grijns.
Een rijpe rode tomaat, ja, doe maar lollig, dacht ik.

Ik volgde hem gedwee naar mijn kamer. Hij sloeg het dekbed open en liet me in bed stappen. Ik ging liggen, mijn hoofd op het kussen, en Max trok het dekbed tot onder mijn kin en stopte me strak in. Zo had mijn moeder het ook altijd gedaan toen ik klein was, dacht ik, zo lief en zorgzaam.
Op dat moment zag ik Ruben in de deuropening staan. Zijn mond open maar sprakeloos.
'Ruben, hoi,' zei ik vrolijk. Ik voelde de blosjes gloeien op mijn wangen.
Max draaide zich om naar Ruben: 'Dit meisje hoestte zichzelf halfdood. Ik wilde me er, als een goede gastheer, van overtuigen dat haar niets overkomt in mijn huis,' verklaarde hij met een scheve grijns.

'Wat een herrie kan jij maken, Tess! Wat was er aan de hand?' vroeg Ruben en hij kwam met grote passen naar mijn bed toe.
'Ik verslikte me in een slok water en Max redde me van de verstikkingsdood,' legde ik uit. Helaas was mond-op-mondbeademing niet nodig, dacht ik.
'Zie je nou wel dat ik je nog geen seconde uit het oog kan verliezen. Je verzuipt nog in een wastafel, darling,' viel Ruben uit.
'Ik ga weer, jullie twee redden het wel, hè?' zei Max kort. Hij knikte naar me, passeerde Ruben en liep de kamer uit.
'Wat jij al niet doet om de aandacht van je gastheer te krijgen,' zei Ruben met een grijns.
'Dat deed ik niet! Ik...' verdedigde ik me en toen perste ik mijn lippen op elkaar. Ruben was me aan het pesten, zijn ogen glommen. Toen zag ik hoe zijn blik op mijn tas bleef rusten, die op mijn nachtkastje stond.
'Mijn portemonnee zit er nog in, darling. Pas je er een beetje goed op?'
'Waarom denk je dat ik wakker lig? Dat is om die tas te bewaken,' zei ik.
'Ja, ja, dat zal wel. Ga nu maar lekker slapen,' zei hij en hij streelde even over mijn haren.
'En jij ook, met dat gebel van je midden in de nacht,' zei ik. 'Je bent verslaafd.'
Ruben keek me scherp aan en vroeg: 'Verslaafd?'
'Verslaafd aan praten. Je bent een dwangmatige kletskous.'

'Hoorde je me? Sorry...'
'Welnee, ik was al wakker. Ik hoorde je gebabbel pas toen ik naar de badkamer ging. En Ruben...' begon ik.
'Ja?'
'Maak je geen zorgen om mij. Ik kan prima op mezelf passen. Ook wat betreft Max. Ik heb alles onder controle.'
Was dat zo? Ik voelde mijn hart jagen, ik was van slag. Max bracht me uit balans, hij kwam bij me binnen. Kon dat kwaad? Was hij een gevaarlijke insluiper of een galante gentleman?

7

Errol

4 Juli

Clara was de laatste van zijn collega's geweest die hem verlaten had en zijn eenzaamheid compleet had gemaakt. Hij keek tegenwoordig niet meer in de spiegel, maar als hij dat wel zou doen en het beeld eerlijk in zich op zou nemen, zou hij zichzelf zien met haar ogen; de ogen van een kritische vakgenoot en oprechte vriendin. De ogen van een oppervlakkige of verliefde vrouw keken anders, wist hij, die verzachtten de realiteit met aquarel. Hij had er genoeg in zijn armen gehad om dat te kunnen weten. Clara niet, dat was een vriendin met een diamanten karakter: hard en zuiver. Ze keek dwars door zijn vet heen en zag in zijn lege maag de onverteerbare angst. Een jaar geleden had Clara gezegd: 'Errol, ga godsamme in therapie, je eet en drinkt jezelf doelbewust dood, ik kan het niet langer aanzien, je begraaft jezelf in je vet, stop ermee. Je zult je talent nooit zien groeien, je vermoordt het in de bloei van je carrière!' Clara sprak altijd in eindeloos lange zinnen die met een dramatische heffing eindigden. Een rasactrice.

Wat had ze het minst kunnen verdragen? vroeg hij zich af. De aanblik van zijn lichaam dat steeds meer volume kreeg? Of was het zijn destructieve drink- en eetgedrag. Ja, dat was het. Ze had gezegd: bij elke slok en hap die je neemt, proef ik jouw wanhoop in mijn mond, je vergiftigt me. En ze had gehuild. Zoute dropjes.
Hij associeerde en vergeleek tegenwoordig alles met eten en drinken. Hij glimlachte flauw terwijl hij zich voorstelde hoe de dropjes over de wangen van Clara rollen. Perfecte sterke Clara. Een jaar geleden had ze het contact met hem verbroken. Hij had haar nog een keer gezien, bij een van zijn zeldzame uitstapjes naar de supermarkt, en was achter een stellage weggedoken. Ze oogde fit en slank. Zij wel.

8

Tess

2 Juli

Het ontbijt was zo Engels als maar kon: gegrilde worstjes en knapperige bacon, spiegeleieren, witte bonen, gegrilde tomaten, knus samen geserveerd op een bord. Een rekje toast en marmelade. En sinaasappelsap en sterke thee. Max was al naar school, vertelde zijn moeder. Ik had verrassend veel trek en at mijn hele bord leeg. Ruben nam lang niet zo veel als ik en dat temperde mijn eetlust een beetje. Ik had geen zin om binnen drie dagen het vetgehalte met bijbehorende speklaag van een mestvarken te krijgen. We hielpen Eve met afruimen en daarna ging ik nog even mijn tanden poetsen, terwijl Ruben een sigaretje rookte op zijn kamer.
'Mijn raam is wijdopen,' riep hij me toe in de badkamer.
'Oké!' riep ik terug.

'Jullie bus is er!' kondigde Eve even later aan, galmend door de gang.

Ruben en ik groetten onze excursiegenoten en ploften naast elkaar op de achterbank. De bus trok op en bracht ons naar het centrum.

'Het lijkt wel of we door allerlei dorpen rijden, het zijn steeds weer andere kernen,' merkte een meisje onderweg op. Ze zat op de bank voor ons: Lizzy uit Amsterdam. Leuke meid.

'Klopt,' vertelde Benjamin, 'dat zijn de overblijfselen van de dorpen waaruit Londen vroeger bestond. Greenwich bijvoorbeeld heeft oorspronkelijk een heel ander karakter dan Notting Hill en dat is altijd zo gebleven. Alleen de City is nieuw ontworpen en heeft zich ontwikkeld zoals het, met name de rijke, Londenaars beliefde,' voegde hij eraan toe.

We reden over de London Bridge en ik zag voor het eerst van mijn leven de overbekende wijzerplaat van de Big Ben in het echt. De chauffeur wees ons via de luidspreker op de bekende bezienswaardigheden. We verlieten de City weer, passeerden Hyde Park en reden een wijk in met hoge statige woningen. De straten waren omzoomd met bomen waarvan de kruinen elkaar raakten boven onze hoofden. We stopten voor een groot grijs gebouw met brede trappen ervoor. Vier zuilen ondersteunden een toegangsboog. Een dubbele zware houten deur lag in de schaduw van de stenen boog verscholen. De gewichtige gevel bood ruimte aan tientallen hoge

ramen met kleine ruitjes. Het gebouw deed denken aan een paleis.
'The Royal Academy of Drama,' zei de chauffeur. Hij sprak de woorden ritmisch en langzaam en met een rollende rrrr uit. In zijn stem klonk ontzag en iedereen leek even betoverd.
Benjamin kuchte en stond op. 'Kom, mensen, we zijn er.'

'Wat een klasse, zeg,' fluisterde Ruben naast me. Zelfs hij was onder de indruk.
We stapten uit en beklommen de treden naar de deur, die meer aan een kasteelpoort deed denken, vond ik. Het massieve hout was dooraderd met donkere nerven. Benjamin drukte de koperen klink naar beneden en we betraden de marmeren hal. Onze stemmen buitelden door de hoge koepelvormige ruimte.
Een man die midden in de hal op ons wachtte, spreidde zijn armen gastvrij en zei met een zware theatrale stem: 'Welkom in ons nederige stulpje.' Hij stelde zich voor als James McConnor, dramaturg.
'Hij lijkt op een varkensboer in mijn dorp,' fluisterde ik tegen Ruben, 'net zo rond en blozend.'
'Dat belooft niet veel goeds, dadelijk moeten we allemaal knorren,' reageerde Ruben.
'Het is vast een Schot, die zijn van nature nogal knorrig,' zei ik met een grijns.
Ruben moest zich inhouden om niet in lachen uit te barsten.

Ik hoopte steeds Max tegen te komen tijdens de rondleiding. Wel dertig lokalen kregen we te zien: een klassieke theaterzaal compleet met podium, een muziekzaal, sport- en fitnessruimtes, zanglokalen met perfecte akoestiek, en we eindigden de toer in de mensa. Die was nu nog leeg maar zou rond lunchtijd volstromen, zei James, met de tweehonderd leerlingen die de dramaopleiding aan de Academy volgden.
'Ga zitten, dames en heren, en laat me jullie inwijden in onze schoolfilosofie. En ik zal ook iets openbaren over de workshops die jullie vanmiddag en morgen zullen volgen,' nodigde hij ons uit. James vertelde dat de Academy haar studenten vooral traint in het ontmoeten van de eigen kwaliteiten. Dat ontmoeten moeten we niet zien als een vrijblijvende kennismaking, benadrukte hij, maar als een doorgronden van de eigen zwakke en sterke punten. Drama studeren en spelen is jezelf leren kennen tot op het blote bot en de kale zenuw. Huilen, tieren, schreeuwen, lachen en vervloeken: het hoort er allemaal bij, vatte McConnor samen.
'Jullie tien zullen dat aan den lijve gaan beleven in de workshops. De uitdaging zal zijn om jezelf en je capaciteiten zo diep en scherp mogelijk te leren kennen. De taak die jullie op je zouden moeten nemen tijdens de workshops is het vinden en blootleggen van je meest weerloze en donkerste plek en dat blootstellen aan het licht. Laat je kwetsbaarheid stralen in de spotlights. Ik hoop dat jullie deze dagen veel zullen kunnen leren; in deze veilige omgeving, in deze inspirerende sfeer, wer-

kend met deze toegewijde studenten,' wees hij achter onze stoelen.
Ik draaide mijn hoofd. Daar stonden, in een halve cirkel, tientallen studenten te zwijgen. Ik had ze niet horen binnenkomen. Wat een discipline; het was intimiderend en respectvol tegelijk. Onze rommelige luidruchtige school kon hier wat van leren. Ruben pakte mijn hand en kneep er even in. De zijne voelde klam.

Ik zag Max niet tijdens de lunch. Ik wist niet of ik dat jammer moest vinden. Ik had nu wel de gelegenheid om rustig te wennen aan al die Engelse studenten om me heen. We hadden ieder een tafelgenoot toegewezen gekregen aan wie we vragen konden stellen en met wie we ervaringen konden uitwisselen. Het waren tweedejaars, dat zouden wij volgend jaar ook zijn. Ik kon haast niet wachten tot het nieuwe schooljaar weer begon, zoveel zin had ik om verder te gaan, meer te leren, scherper te spelen. Ik had talent en ambitie. Aan gedrevenheid en passie ontbrak het me evenmin. Integendeel, mijn overgave nekte me wel eens, die maakte dat ik soms sneller wilde lopen en hoger wilde springen dan goed voor me was. Mijn Britse tafelgenoot, Hilary heette ze, was uit ander hout gesneden, merkte ik al snel. Ze had minder drang dan ik om 'er te komen' en had het eerste jaar vrijwillig twee keer gedaan om een stevige basis te hebben. Dat was mijn grote struikelblok, besefte ik steeds vaker, mijn ongeduld. Ik wilde zo snel mogelijk 'daar' zijn. Maar wat en waar was 'daar'?

Leraren hadden me al vaker uitgelegd dat niet het doel bereiken maar de reis bewust beleven de belangrijkste leerervaring is. En dat een eindbestemming nooit bereikt is, als het om creatieve beroepen gaat. Je wilt jezelf altijd blijven verbeteren, tot je laatste scène op het toneel. Je bent zo goed als je laatste optreden, hielden ze me voor. Dat had ik inmiddels laten doordringen en begrepen. Maar toch was het of ik die les steeds opnieuw moest leren. Hilary had ook een vrijere benadering van het acteren dan ik. Ik wilde graag zo concreet mogelijk de emotie pakken, alsof het een wiskundige formule is die ik analyseer, maar Hilary zei: 'Acteren wordt ook wel spelen genoemd, en niet voor niets: het hoort ook speels te zijn.' Daar had ze een punt. Ik dacht aan de de woorden van McConnor en voelde het tintelen in mijn borst. Ja, ik leerde. Ik leerde van Hilary. Ik leerde van deze indrukwekkende school.

Na de lunch begeleidde McConnor ons naar een lokaal aan de straatzijde van het gebouw. Het verkeer was zacht hoorbaar. Het verbrak de steriele stilte maar verstoorde de rust niet. 'De workshop deze middag', legde McConnor uit, 'is bedoeld om jullie losser te maken en te openen.' Hij wees naar een verzameling korte krantenartikelen die uitgespreid op een tafel lag. 'Kies er een uit en speel wat je eruit oppikt, qua gevoel en inhoud,' gaf hij als opdracht.
Ruben werd als eerste door hem uitgenodigd om te spelen. Hij zette een Britse politicus neer die gedwongen

werd af te treden wegens overspel. Ruben beeldde de parlementariër onderkoeld en emotieloos uit, precies zoals het in werkelijkheid zou kunnen gebeuren.
'Maar nu,' daagde McConnor Ruben uit, 'wil ik dat je je laat gaan, de onpersoonlijke politieke façade doorbreekt. Je laat je wanhoop en woede zien want zij, je maîtresse, heeft je verraden en verkocht aan de tabloids. Wat vind je daarvan?'
Ruben haalde zijn schouders op en aarzelde. Ik kon me Rubens gedachtegang voorstellen: een politicus is een politicus, ik ken geen politicus die uit zijn rol stapt en publiekelijk jammerend zijn gezicht verliest, die bestaan niet, dat is te onwaarschijnlijk.
Ruben liet zich niet overhalen. 'Sorry, ik ben nog een beetje overdonderd door de nieuwe indrukken... en bovendien hou ik meer van traditioneel klassiek drama,' verdedigde hij zijn weigering.
McConnor knikte zwijgend en liet hem gaan.
'Ik kom hier niet helemaal naar toe om me voor paal te laten zetten door die mister Quality Street,' fluisterde Ruben me toe voordat hij ging zitten, 'laat hij dat maar bij iemand anders doen. Geef mij Shakespeare *any time* en ik zal hem eens wat laten zien.'

Iedereen kreeg een kort applausje van McConnor, ook ik. Ik verbeeldde me dat hij voor mij net iets harder en langer klapte dan voor de rest, of wenste en hoopte ik dat alleen maar? Mijn rol was die van een Afrikaanse asielzoekster die – nooit eerder in een stad geweest –

voor de eerste maal in Londen kwam. Ik sloot mijn ogen nadat ik het krantenbericht had gelezen en leefde me in. Ik stelde me voor hoe ontheemd en eenzaam en overgeleverd ik me zou voelen, hoe vreemd en onwerkelijk en schokkend een stad zou zijn: een brullend monster dat aanvalt. En zo beeldde ik het uit. Het weerloze meisje dat bang ineenkromp. Maar gaandeweg, toen ze merkte dat de stad haar geen kwaad wilde doen, toen ze ontdekte dat zij de stad juist kon veroveren, kwam ze overeind, stond ze rechtop, deed ze haar schoenen uit en begon ze de nieuwe wereld de hare te maken. Eerst angstvallig en schoorvoetend, met voorzichtige passen, toen dravend en dansend. Vrij spelen, had Hilary gezegd. Blootsvoets en joelend rende ik, rende zij, als in haar vaderland. Ik was uitgespeeld en McConnor en de anderen klapten. Ik was mezelf even kwijt en voelde een brok in mijn keel.

'Sorry, ik moet even naar het toilet,' verontschuldigde ik me. Toen ik door de geopende deur het lokaal uitglipte, zag ik in de hal iemand weglopen. Ik herkende hem direct. Ik riep zijn naam en zag aan het trekken van zijn schouders dat hij schrok. Max weifelde een moment, draaide zich om en liep naar me toe. Hij keek me zwijgend aan, streelde even met een vinger langs mijn wang en zei zacht: 'Je was echt geweldig.' Hij keerde zich om en liep weer weg. Ik bleef achter, mijn wang brandde. Jij bent ook geweldig, dacht ik, en ik bleef onbeweeglijk staan. Hij zat in me, merkte ik, ik voelde hem daar stralen als een zon. Ik kon het niet meer doven of verdringen. Het voelde goed, wat Ruben ook beweerde, ik vertrouwde mijn instinct, Max zou me geen kwaad doen.

'Het is tijd voor een high tea, jullie hebben het verdiend,' zei McConnor toen we allemaal gespeeld hadden. Hij vervolgde: 'Tijdens de workshop morgen zal ik jullie vragen om jezelf te spelen. En in die scène speel je jezelf tijdens het zwaarste moment in je leven dat je tot dusver hebt meegemaakt,' zei hij, 'dus bereid je voor.' Hij stond op en ging ons voor naar de mensa.
Ruben huiverde overdreven: 'Wat een vage manier van lesgeven heeft die man, zeg. Ik heb geen zin om mezelf op een vrijdagmiddag binnenstebuiten te keren voor die McConnor. We zijn hier niet in therapie of zo.'
Ik keek hem vorsend aan – wat ging er in hem om? – en zei: 'Je doet het voor jezelf, hoor, zodat je jezelf beter leert kennen. Het zal hem een sausage wezen hoe jij wel of niet bent, zolang jij er zelf maar wat mee doet en durft.'
'Relax, darling! Je neemt het veel te serieus allemaal. Iedereen doet zo gewichtig hier. We zijn hier ook voor de lol, weet je,' reageerde Ruben vrolijk.
'Tuurlijk, maar ik wil wel graag wat opsteken van deze workshops, nu ik hier toch ben,' reageerde ik.
'Over opsteken gesproken, ik ga even een sigaretje roken, see you later,' zei Ruben.
Ik keek hem na toen hij via een zijdeur de tuin inliep. Ik was benieuwd hoe Ruben zich morgen tijdens de

workshop zou houden. Hij noemde mij serieus maar ik vond hem een angsthaas. Het leek erop dat zodra McConnor te dicht bij hem dreigde te komen, Ruben op de vlucht sloeg.
Ik wandelde met de rest van de groep mee de mensa binnen en we namen plaats aan een traditioneel gedekte tafel, helemaal in high tea-stijl. Porseleinen theekopjes en etagères vol sandwiches, scones met room en muffins stonden uitgestald. McConnor ging aan het hoofd van de tafel zitten en knipte met zijn vingers. Op zijn signaal serveerden vijf studenten theepotten en theedozen op bladen. Ik hield mijn adem even in. Max was een van hen en hij kwam recht op me af.
'Welke thee wil je, *my lady*?' vroeg hij hoffelijk.
'Earl Grey graag, *my lord*,' antwoordde ik.
Hij gaf me een knipoog terwijl hij me het theezakje overhandigde. 'Earl Grey voor de lady,' zei hij, terwijl hij galant boog. Daarna liep hij door, om de anderen van thee te voorzien.
'Tast toe,' zei McConnor terwijl hij de kring rond de tafel opnam en gebaarde naar de rijkgevulde etagères. Ik zag hoe hij opnieuw zijn blik langs de tafel liet gaan. Toen vroeg hij: 'Waar is Ruben?'
'Hij is...' begon ik.
Ik werd onderbroken door de deur die opengegooid werd. Ruben stormde de mensa binnen. Hij rende op onze tafel af, keek ons allemaal triomfantelijk aan, nam een kleine aanloop en sprong. Met een doffe bonk kwam hij – recht voor McConnor – op het houten tafel-

blad terecht, hij miste op een haartje een etagère. Hij maakte een diepe buiging voor McConnor. Zijn baret schoof scheef en hij trok hem met een ongeduldige ruk recht. Ruben maakte zich lang en begon:

Verbanning is een foltering zonder genade
Verdreven uit de hemel, waar Julia leeft,
waar elke kat en hond, zelfs elke muis,
ja, elk wezen, hoe onbeduidend ook,
leeft met haar, haar mag zien,
hemels genietend van mijn Julia,
behalve ik, Romeo, want ik ben
verjaagd uit de hemel, wie durft te beweren
dat verbanning geen doodstraf is?
Het is een eeuwige foltering zonder genade.

Rubens stem was diep, zijn optreden krachtig. Toen hij klaar was, applaudisseerde McConnor beleefd en zei: 'Dus jij houdt van Shakespeare. Klassiek drama tussen de theeblaadjes, hoe verfrissend. Dank je, Ruben.'
Ruben spreidde zijn armen breed en boog weer, terwijl iedereen klapte.
Ik applaudisseerde, maar ik schaamde me ook een beetje voor hem en zijn optreden. Het had iets van een geforceerde kunstgreep. Er was niets spontaans aan, ik vond het eerder hysterisch. Zou hij een hyperpilletje hebben gebruikt of zo? Ruben sprong van de tafel en ging tegenover me zitten. Zijn blauwe ogen glinsterden fel achter zijn hoornen bril en hij grijnsde overmoedig,

van oor tot oor. Met nerveuze bewegingen nam hij een muffin van een plateau en propte het cakeje naar binnen. En daarna nog een. En nog een. Zenuwen en ontlading, arme Ruben. Ondanks mijn ergernis over zijn optreden voelde ik met hem mee.
Ik merkte een beweging achter me. Max boog zich over me heen en fluisterde: 'Ruben is nogal een Romeo. Is hij de jouwe, Julia?'
Ik schudde wild met mijn hoofd en hoorde Max grinniken.

9

Errol

4 Juli

Sinds Clara's afscheid had Errol geen contact meer gehad met mensen uit het vak. Soms belde nog een journalist van een of ander cultureel magazine, en vroeg waarom Errol al zolang niet meer gespeeld had. Althans niet voor een publiek, voegde Errol er in gedachten aan toe. Sowieso had de reporter dan een nieuwtje, want Errol bracht zijn tijdelijk vertrek uit het theater als onveranderlijk groot nieuws. In public relations was hij altijd sterk geweest en nog steeds. Hij gedroeg zich vaag, weigerde steevast foto's te laten nemen en stond de pers uitsluitend telefonisch te woord. Errol stelde zich, na zo'n interview, altijd de kop voor: 'Acteur Errol Hubers pauzeert op hoogtepunt.'
Als de pers hem vroeg waarom hij niet meer acteerde,

bracht Errol zijn stop altijd als een tijdelijk intermezzo. Dat hij na de jarenlange serie van successen toe was aan een creatief sabbatical. Dat hij zich had teruggetrokken uit de zenuwslopende *ratrace* van jezelf steeds te moeten overtreffen. Enzovoort en dergelijke. De media en het publiek lieten zich maar al te graag om de tuin leiden, maar de insiders – zeker Clara – wisten wel beter. Hij was gestopt omdat hij niet hoger en niet dieper had durven gaan en afstand had genomen van het toneel. Die scheiding had hem geen goed gedaan.

10

Tess

2 Juli

Het diner gebruikten we die avond met zijn tienen en Benjamin in The Round Glass. Kaarsjes en wijn op tafel, een rijkgevuld groentesoepje vooraf, daarna gepofte aardappel met een biefstuk en salade en als toetje een *apple pie* met warme vanillesaus. Ruben voerde het hoogste woord. Na het eten sprong hij op van tafel en bewoog zich door de pub. Hij dronk het ene na het andere glas wijn, sprak hier en daar met iemand. Soms kwam hij even aan tafel zitten, maar nooit lang. Zijn brillenglazen weerkaatsten dan het kaarslicht, ze glinsterden terwijl hij zijn hoofd al pratend bewoog. Zijn vingers fladderden als vlinders. Hij was erg over zichzelf te spreken en vond dat hij een geweldig goede beurt had gemaakt bij McConnor.

'Zagen jullie die ouwe McConnor stilvallen? Aan mijn Romeo kunnen ze hier een puntje zuigen,' pochte Ruben.
Benjamin knikte en gaf geen antwoord. De drie Amsterdamse studenten bekeken Ruben wat meewarig.
Ik zat naast Lizzy en vroeg: 'Hoe vond je het vandaag op de Academy?'
'Erg indrukwekkend. Alleen het gebouw al. Ik ben best nerveus voor morgen. Die McConnor is geen makkelijke.'
'Nee, hij is zeker niet snel tevreden,' stemde ik met haar in.
'En hij drijft sommigen van ons in negatieve zin tot het uiterste,' zei Lizzy met een scheef oog naar Ruben, 'of is jouw studiegenoot altijd zo over the top?'
'Ik weet het niet... eerlijk gezegd heb ik hem tot nu toe alleen tijdens school meegemaakt. Maar zo hyper als vandaag heb ik hem niet eerder gezien. Ik weet dat hij blokkeert bij improvisatie, dat zal hem getriggerd hebben, vermoed ik,' verontschuldigde ik Rubens gedrag. Ik moest toch ook een beetje de eer van mijn school zien te redden. Dadelijk dachten die Amsterdamse grachtengordeldiertjes nog dat wij in Breda een theateropleiding niveau dorpsschool kregen.
'Jij was trouwens goed, zeg,' vervolgde Lizzy.
Mijn ego voelde zich gestreeld.
'Jij anders ook!' reageerde ik vrolijk.
Ik zag dat Ruben weer opstond en ik wenkte hem. Hij kwam wankelend naar me toe. Ik kneep in zijn arm en zei zacht: 'Doe je het een beetje kalm aan met de wijn. Morgen weer een workshop, weet je nog? Zullen we zo gaan?'

Ruben antwoordde met een dubbele tong: 'Sjesus, Tess, doe niet zo biologisch verantwoord! Ik voel me nu juist eindelijk lekker los! Wacht, ik laat het je zien, ik ga nog een stand-up performance doen. Hier en nu, op deze tafel!'

Lizzy sprong op, greep Ruben bij zijn hand en zei streng: 'Als je dat hier en nu maar uit je hoofd laat! Chill een beetje, zeg. Het lijkt me beter als je met Tess naar jullie logeeradres gaat, dan ben je morgen weer fit, Romeo.'

'Waar bemoei jij je mee! Laat me los, trut!' schold Ruben. Hij duwde Lizzy van zich af en ze kon zich nog net vastgrijpen aan de tafelrand.

'Ruben, doe normaal!' riep ik uit.

Benjamin kwam geschrokken overeind van zijn stoel en haastte zich om de tafel heen. 'Kalm aan, Ruben, ik breng jullie wel naar huis,' zei hij sussend.

Ruben kneep zijn ogen halfdicht en ik zag dat hij zijn vuisten balde. Ik stond op, omklemde zijn hand en fluisterde in zijn oor: 'Ruben, je gaat te ver. Dit is niet lollig meer.'

Ruben wilde zijn hand losrukken, maar ik hield hem stevig vast.

Ruben keek me even lodderig aan en leek toen een besluit te nemen. 'Oké, oké, sorry darling, ik ga al met je mee,' reageerde hij plotseling gedwee.

Benjamin zuchtte diep en vroeg me: 'Red je het alleen met hem?'

Ik knikte: 'Het is maar tien minuutjes lopen.'

Het viel niet mee Ruben thuis te krijgen. Hij wilde steeds een andere kant op dan de juiste. Hij had zijn arm om mijn schouders gelegd en leunde zwaar op me. En hij schreeuwde Shakespeariaanse volzinnen de stille straten in, zo luid dat een woedende vrouw een raam openschoof en ons uitschold met een heleboel benamingen die bijna allemaal begonnen met 'fucking'. Ik hoorde het geronk van een achteropkomende scooter. Hij stopte naast ons, er zaten twee jongens met helmen op.
'Ruben, ben jij dat?' vroeg de jongeman voorop in het Engels.
Ruben reageerde niet.
Ik antwoordde: 'Ja, dit is Ruben. En wie zijn jullie? '
'We waren net in de pub. Je vriend hier heeft ons wat beloofd,' zei de jongen tegen mij.
Ruben schudde zijn hoofd en kreunde: 'Niet nu, ik ben niet helder meer. Morgen.'
'Hoezo morgen, niks morgen, beloofd is beloofd, Dutchie. We zullen je een Engels lesje leren,' antwoordde de jongen en hij gaf zijn vriend achterop een seintje. Die stak plotseling zijn hand uit en greep een van de hengsels van mijn tas beet. Ik pakte in een reflex mijn tas vast. Net op tijd. Ik schreeuwde: 'Blijf af! Klojo!'
Ruben hing zwaar op me, maar ik was niet van plan mijn tas los te laten. Ik had op de boerderij steigerende paarden in bedwang gehouden. Deze Britse struikrover op z'n scooter ging het echt niet van me winnen.
'Ruben, doe wat!' viel ik uit. 'We worden beroofd, sukkel! Jouw portemonnee zit ook in mijn tas!'

Ruben leek in een klap nuchter. Of juist niet? Hij brulde ‘*No*!’, haalde zijn arm van mijn schouder en klauwde onvast naar de riemen van mijn tas.
Er naderde een auto. Ik zwaaide wild met een hand en gilde: ‘Help, help!’ De auto minderde vaart. De jongen achterop gaf een laatste harde ruk aan de hengsels en liet los toen de auto stopte. ‘*Go, go, go*!’ riep hij naar de jongen voorop.
Die gaf gas en ze scheurden weg. Het raampje van de auto schoof omlaag. Een Chinese man keek ons bezorgd aan en vroeg: ‘Is alles in orde?’
Ruben en ik hijgden. ‘Ja, het gaat wel,’ bracht ik uit, ‘een beetje geschrokken.’ En pislink op Ruben.
‘Weet je het zeker?’ vroeg de man.
‘Ja, hoor, we zijn vlak bij huis. Dank u wel,’ antwoordde ik.
De man knikte, sloot zijn raam en reed weg.
Ik keek Ruben venijnig aan.
‘Verdorie, het is ook iedere keer wat met jou! Ik kan je wel slaan, weet je dat!’
‘Sorry Tess, ik was ze nog wat schuldig.’
‘Wat dan in hemelsnaam… de kroonjuwelen of zo?!’
‘Nee… whisky. Dat is hier bijna net zo duur als juwelen. Ik had nogal wat drankjes van ze gekregen in de pub en toen moest ik opeens mee met jou. Kan ik er wat aan doen, het leken aardige knullen…’ klaagde Ruben.
‘Ja, heel aardig, lekkere vrienden maak jij hier! Ze beroven me zonder pardon. En alsof het mijn schuld is dat je die pub uit moest! Je kakelt als een Shakespea-

riaanse kip zonder kop. Zeg maar niks meer, alsjeblieft, laten we gaan slapen,' zei ik kortaf. Ik hing mijn tas stevig rond mijn arm en begon te stappen.

Ruben volgde en wilde mijn hand pakken, maar ik schudde hem van me af.

'Loop maar alleen, je hebt me genoeg last bezorgd.'

'Kan ik het helpen dat die gozers ons wilden bestelen, nee toch?' reageerde Ruben. Hij struikelde bijna over de uitstekende rand van een stoeptegel. Ik greep hem net op tijd bij zijn mouw vast.

'Nee, dat kon je niet helpen, tasjesdieven heb je overal, mensen worden beroofd of neergestoken om een euro, ook hier. Maar dit waren zogenaamde vrienden van jou! Je zit te zeuren over Max maar zelf ga je met totaal verknipte mensen om, idioot. Jij zou mij beschermen, weet je nog? Ik, het provinciaaltje? In plaats daarvan ben ik jouw babysit. *Grow up*!' foeterde ik.

'Sorry darling, je hebt gelijk. Ik zal mijn leven beteren, echt waar,' beloofde hij. Hij ging voor me staan, vouwde zijn handen en keek me smekend aan: 'Alsjeblieft, het spijt me echt...'

Ik zuchtte. Hij kon er inderdaad niet echt wat aan doen, eerlijk was eerlijk. Ik zei: 'Oké, maar dan gaan we nu naar bed, zonder gedoe. Lopen!'

Hij knikte gehoorzaam. We liepen het tuinpad op en ik opende de voordeur zo zachtjes mogelijk. We slopen door de gang naar onze kamers, ik bracht Ruben tot aan zijn deur.

'Trusten,' zei ik en ging ik mijn kamer binnen. Ik deed

de deur achter me dicht en viel languit op mijn bed neer. De schrik van de bijna-beroving tintelde nog na in mijn lijf en hoofd. Ik deed een visualisatieoefening – ik nam een vredig beekje in gedachten – om te kalmeren. Ik sloot mijn ogen en stelde me het beekje voor dat boven mijn hoofd begon. Het stroomde via mijn kruin door mijn lichaam naar mijn voeten en nam onderweg al mijn zorgen mee. Het beekje verliet mijn lichaam via mijn tenen. Langzaam voelde ik de ergernis en schrik uit me wegstromen. Ik opende mijn ogen weer en staarde naar het witte plafond. Ik hoopte dat Max nog wakker zou zijn en me zou komen toedekken, zoals hij dat de avond ervoor had gedaan. Dat hij op mijn bedrand zou komen zitten om te kletsen en... maar dat was een absurde verwachting. Helaas. Ik nam niet meer de moeite om mijn tanden te poetsen en mijn gezicht te wassen, sjorde al liggend mijn kleren uit, liet ze naast de bedrand op de grond vallen en schoof onder mijn dekbed. Ik besloot mijn ouders nu niet te bellen. Ze zouden aan mijn stem kunnen horen dat er iets aan de hand was. Zo'n bijna-beroving zou ze maar ongerust maken. Zou ik ze wel of niet vertellen over Max? En zouden ze dan in mijn stem kunnen ontdekken wat ik voelde voor Max? En hoe zouden ze dat vinden? Mijn laatste gedachte voordat ik in slaap viel was niet Rubens stomme gedrag of de poging tot beroving, maar Max en zijn knipoog van vanmiddag.

3 Juli

Ik had goed geslapen, bij het ontwaken gemijmerd over McConnors opdracht, stevig ontbeten en was helemaal klaar voor de komende workshop. Alleen jammer dat ik Max niet meer gezien had. Ik had zo graag even met hem gepraat. Hem even zien was ook al leuk geweest. Aan hem denken was zelfs al leuk. Eve vertelde aan de ontbijttafel dat Max al vroeg vertrokken was om een decor op te halen in Broadstairs, een plaatsje aan de kust. Ik hoopte dat ik Max later die dag op de Academy zou treffen.

McConnor wachtte op ons in hetzelfde lokaal als de dag ervoor. Hij vroeg mij als eerste om mijn rol te spelen. Ik had erover nagedacht die ochtend. Wat was het ergste dat mij tot dusver overkomen was in mijn leven? Was het mijn jeugd als enig kind op de afgelegen boerderij, de eenzaamheid tijdens de middelbare school? Nee, ik had op dat moment niets te verliezen gehad, geen zussen of broers of vriendinnen met wie ik ruzie zou kunnen krijgen of die ik kon kwijtraken. Ik had altijd wel een paar vriendinnen maar omdat ik zo afgelegen woonde, had ik geen echte beste vriendinnen gehad die bij me langskwamen of bleven slapen. Ik viel buiten de kring maar ik maakte me daar niet druk om. Ik wist dat het voorbij zou gaan. Dat het eerder aan de omstandigheden lag dan aan mezelf. En dat klopte. Nu had ik de beste vriendinnen die ik me kon wensen.

Maar door dat waardevolle bezit was bij mij ook het besef van verlies ontstaan. Wat ik liefhad, kon ik kwijtraken. Ik was niet bang om alleen te zijn – zoals de meeste mensen – maar juist bang om bevriend te zijn. Daarom had ik, denk ik, ook nog nooit een echte lover aangedurfd. Als ik iemand zo diep in mijn wereld zou toestaan, zou dat een grote leegte achterlaten als hij vertrok. Zou ik dat aankunnen? Dat ik Max zo openhartig had verteld over mijn jeugd, hem toeliet in mezelf, was zeldzaam moedig van me, besefte ik opeens. Verlaten worden, dat was mijn grootste angst. Hoe kon ik dat het beste uitbeelden?

Ik besloot het woordeloos te doen en de expressie van mijn lijf te gebruiken. Ik plaatste iedereen in een ruime kring om me heen. Ik danste alleen en met gesloten ogen, vrij in het midden van de cirkel, onbezorgd en blij voelde ik me. Toen liep ik naar Lizzy toe en nodigde haar uit met me te dansen. We dansten samen. Ik liet Lizzy staan en haalde Ruben uit de kring. Ik danste met hem. Ik gebaarde dat Lizzy en Ruben met elkaar verder moesten dansen. Zo haalde ik iedereen uit de kring naar binnen, inclusief McConnor, en nadat ik even met ze gedanst had, liet ik ze los en beval ik ze zonder woorden dat ze met elkaar moesten blijven dansen. Uiteindelijk was ik de enige die niet danste, ik bleef over. Iedereen danste met elkaar in de kring waarin ik gestaan had en ik stond alleen, buiten de kring. Ik ging op de grond zitten, sloeg mijn armen om mezelf heen. Ik wiegde mezelf en sloot mijn ogen.

McConnor klapte in zijn handen en nodigde iedereen uit weer op de stoelen plaats te nemen.
'Wat wilde je uitdrukken, Tess?' vroeg hij.
'Mijn angst om vrienden te hebben en ze te kunnen verliezen,' antwoordde ik zacht.
'Heel goed gedaan, Tess! Weet je trouwens dat liefde en vriendschap vooral te maken hebben met houden van jezelf en kunnen loslaten? Want dan kun je zowel gelukkig zijn met als zonder je vrienden,' zei McConnor.
Ik knikte en zweeg. Ik liet zijn woorden op me inwerken. Het was of er een lampje aanging in mezelf, in een deel van mijn wezen dat tot dan onverlicht was geweest. Hij had gelijk. Ik kneep mijn handen krampachtig samen en opende ze daarna weer. Vastklampen voelde angstig, loslaten maakte vrij. Liefhebben hoefde niet eng te zijn als je ook van jezelf hield, want dan was je eigenlijk nooit zonder liefde. En nooit echt alleen. Ik kon McConnor wel zoenen voor deze openbaring.

De anderen beeldden allerlei persoonlijke ervaringen uit. Met gebaren en woorden, soms klein en soms groot, soms ontroerend – verlies van een huisdier, een verhuizing – en soms dramatisch: een uitslaande brand in een flat, de dood van een vriend. Ruben gaf een impressie van onze bijna-beroving gisteravond. Met dit verschil dat hij zichzelf een heldhaftige rol had gegeven als degene die de dieven verjoeg. Was dat zijn meest indringende belevenis tot nu toe in zijn leven geweest? Dat kon ik niet geloven. Hij liet zichzelf niet zien. Zoals hij zijn ogen maskeerde met een nepbril – hij had geen bril nodig, het was slechts uiterlijk vertoon – zo hield hij zichzelf nu verborgen achter zijn oppervlakkige spel. Hij stelde me teleur. Steeds meer, sinds ik hem beter leerde kennen.

Die avond bezochten we de voorstelling *The Mousetrap*. Ik zat tussen Lizzy en Ruben, midden in de vijfde rij, een perfecte plek. Het toneelstuk werd opgevoerd in een ouderwets theater. De opklapbare fauteuils waren met rood fluweel bekleed. De balkons zweefden in een halfronde welving boven de zaal. Beschaafde zachte conversatie klonk om ons heen. Ik voelde een opgewonden spanning, alsof er vrolijke vlaggetjes wapperden in mijn maag. Benjamin had ons vooraf een korte toelichting gegeven, die ik snel doorlas bij het schemerlicht in de zaal:

The Mousetrap speelt zich af rond 1950 in hotelpension Monkswell Manor. Een aantal gasten raakt door hevige sneeuwval afgesloten van de buitenwereld en verblijft noodgedwongen in het hotel van een jong stel. In de buurt van het hotel heeft eerder die dag een moord plaatsgevonden. Een brigadier van politie komt op bezoek omdat hij vermoedt dat de dader zich in het hotel schuilhoudt. Al snel valt een tweede slachtoffer. Gaandeweg blijkt dat alle hotelgasten wel een motief hebben en gelegenheid hadden om de moord te plegen. Niemand kan het hotel verlaten, het gezelschap zit met elkaar opgesloten in een val en de dader verraadt zich niet. Dat is ook de vraag van dit theater aan het publiek, na het zien van de voorstelling:

BEWAAR HET GEHEIM VAN *THE MOUSETRAP*

De lichten doofden, de gordijnen schoven open, de voorstelling begon. Het viel me op hoe natuurlijk de acteurs hun rollen speelden. Geen overschreeuwen of te grote gebaren maar ingehouden en sterk spel. Niemand werd weggespeeld ten koste van de ander, iedere speler kreeg de kans ook afzonderlijk te presteren. Subtiele samenwerking. Het benauwende samenzijn op het podium leek alle toeschouwers in hun greep te krijgen. Het was of het publiek door de spelers in gijzeling werd genomen. Ze gingen aan de haal met onze geest. Ik keek om me heen. Bijzonder hoe je als acteur toneelspel op een andere manier beleeft dan de gemiddelde toeschouwer. Ik keek als het ware met een duikbril onder water en kon volgen wat voor de rest van het publiek, met uitzondering van mijn studiegenoten, onzichtbaar bleef.

'*Keep the secret of The Mousetrap*,' was de laatste zin die de acteurs gezamenlijk, hand in hand, uitspraken op het podium. Daarna namen ze onder luid applaus afscheid. Het was een geweldige opvoering geweest, ik had genoten. Van de zaal, de sfeer, het verhaal, de acteurs en het publiek.

‘Zie jij jezelf daar staan, op een dag?’ vroeg ik aan Ruben, toen we naar de foyer liepen.
‘Op West End, bedoel je?’
‘Nee, waar dan ook, op een groot podium in een volwassen toneelstuk,’ zei ik.
‘Ja zeker! Ik zie het he-le-maal voor me. Moet jij ook doen, darling, visualiseren weet je wel, een *selffulfilling prophecy*. Ogen dicht en *picture this*: acteren, beroemd worden en binnenlopen.’
‘Geld,’ zei ik met verachting, ‘alsof dat het enige is wat telt.’
‘Tja, *money makes the world go round*. Weet je hoe wij twee snel rijk kunnen worden?’
Ik schudde mijn hoofd.
‘Door het geheim van *The Mousetrap* te verkopen,’ antwoordde hij met een grijns.
‘Idioot, dat is als een goochelaar die zijn trucs verraadt aan het publiek!’ riep ik uit.
‘Relax, darling, ik maak maar een grapje,’ zei Ruben.
‘Zou je ook je ziel verkopen… of mij?’ wilde ik weten.
‘Ja, graag zelfs! Dat verlost me van veel psychologisch pedagogisch gezeur. Wie biedt?’ riep hij door de foyer.
‘Dan moet je morgen wel alleen naar Portobello,’ reageerde ik.
‘Met heel veel geld, zo’n mooie rooie als jij is wel een paar duizend waard,’ zei hij.
‘Mensenhandel is strafbaar. Dan ben je rijk maar crimineel,’ constateerde ik.
‘Liever dat, dan arm en braaf,’ zei hij grinnikend.

‘Meen je dat echt?’ vroeg ik. Ik kon hem niet doorgronden.
Hij haalde zijn schouders op en grijnsde.

Ik opende de voordeur en we liepen de hal van ons tijdelijke huis binnen.
Ruben zei grinnikend: ‘Stel je voor dat dit het *Mouse Trap*-pension was. Wie zou jij dan als eerste verdenken van moord?’
‘Mysterieuze Max met zijn melancholische ogen natuurlijk, wie anders?’ antwoordde ik droogjes. Ruben lachte.
De deur van de woonkamer ging open en Eve vroeg: ‘Hoe was jullie avond? Willen jullie een drankje?’
Ik knikte maar Ruben sloeg het aanbod af. ‘Ik moet wat telefoontjes plegen,’ zei hij.
Ik wenste hem welterusten en volgde Eve de woonkamer in.
Max zat op de bank en stak zijn hand op. Ik had hem sinds de vorige middag niet meer gezien en ik was verbaasd te merken hoe blij ik was dat ik hem weer zag. Ik had naast hem op de bank willen gaan zitten, heel dichtbij, tegen hem aan schuiven, hem wel willen omhelzen. Natuurlijk deed ik dat niet. Ik nam keurig plaats op een stoel tegenover de bank en nam het glas witte wijn van Eve aan. We proostten op *Good Old England*.
Ik moest me inhouden om ze niet te vertellen over de bijna-beroving van de avond ervoor, zo goed was hun

Engeland heus niet! Maar ik wilde ze niet in verlegenheid brengen.
'Heb je genoten van *The Mousetrap*?' vroeg Max.
Ik vertelde hem hoe ik het toneelstuk beleefd had en hij knikte instemmend.
Eve stond op en nam de lege glazen van de tafel: 'Geweldig, theater. En wat gaan jullie morgen doen?'
'Portobello Road Market,' zei ik met een brede glimlach, 'ik ben dol op vintage shopping.'
Max zweeg en sloeg zijn ogen neer.
'Als je zin hebt, ga met ons mee,' nodigde ik hem uit.
Eve bleef in de deuropening naar de keuken staan en wachtte het antwoord van Max af.
'Wie is "ons"?' vroeg hij.
'Ruben en ik,' antwoordde ik.
'Goed. Hoe laat vertrekken jullie?' vroeg hij.
Ik keek op de klok boven de haard en zei: 'Over negen uur, om negen uur.'
'Dan kun je beter gaan slapen nu, Tess, de markt is altijd erg druk. Ik kwam er vaak, het kan echt uitputtend zijn,' adviseerde Eve en liep de keuken in.
Ik knikte en stond met tegenzin op. Max kwam ook overeind. Hij leek een beetje verlegen met zichzelf. Hij stak zijn hand naar me uit en liet hem toen weer zakken. In mijn hoofd fluisterde het: Max, ik zou de hele nacht wel met je willen praten, wie wil er nu slapen?
Max mompelde: 'Slaap zacht, my lady.'
Hij wilde nog wat zeggen, maar Eve kwam de kamer weer binnen. Ik knikte naar Max en Eve en zei: '*Good night.*'

Toen ik de deur achter me sloot, hoorde ik Eve's stem zacht zeggen: 'Gloria hield ook zo van de markt. Ik mis haar.'

Ik liep naar mijn kamer en ging op mijn bed zitten. Wie was Gloria? Wat was er met Max? Waarom was hij zo terughoudend? En waarom wilde ik zo dringend alles over hem weten? Omdat ik voelde dat het moest. Morgen zou ik mijn vragen stellen, beloofde ik mijn onrustige hoofd.
Twaalf uur. Dan kon ik nog net mijn ouders even bellen om ze te vertellen dat het goed met me ging. Heel goed zelfs. En met hen ging het ook goed, verzekerde eerst mijn moeder en later mijn vader me. Een kwartier later sloot ik mijn ogen.

11

Errol

4 Juli

Errol haalde zijn handen onder zijn kin vandaan, bestudeerde zijn gezwollen vingers en reikte toen met zijn linkerhand naar de wodka. Hij bracht de fles naar zijn lippen en klokte vijf slokken weg. Hij veegde zijn lippen af en zette de fles weer neer. Toen vouwde hij zijn handen op zijn bolle buik. Anderhalf jaar geleden was hij nog een gezonde geest in een krachtig en slank getraind lichaam. Hij schudde zijn hoofd even. De onderkinnen bewogen vertraagd mee. Soms was het of een figurant zijn lijf was binnengedrongen toen hij even niet oplette. Ja, een dikke zielloze figurant. Een zuipende, vretende vetzak.

Toen het toneelspel stopte, was er geen gevoel meer, geen script meer om te beleven. Hij was acteur, nu was

hij niets meer. Nee, dat klopte niet meer. Nu was hij tenminste weer wat. Hij schreef een script. Er waren meer acteurs geweest, wist hij, die zo een comeback hadden gemaakt. Hij zette zijn duimen weer onder zijn kin en sloot zijn ogen. En verder rijpte het script in zijn hoofd. Als een rijke maaltijd vulde het de holte in zijn binnenste.
'Een opzienbarend einde wil ik hebben. Geen *happy ending*,' mompelde hij in zichzelf.

12

Tess

4 Juli

Had ik geweten dat Ruben het een probleem zou vinden dat Max met ons meeging, dan had ik hem – zeker weten! – nog uitgenodigd. Maar het was wel jammer, dat gedoe om niks tijdens zo'n heerlijk ontbijtje. Ruben verslikte zich zowat in zijn toast toen Max zei: 'We kunnen de subway nemen naar Notting Hill Gate om tien over negen.'

'Wat bedoelt hij?' vroeg Ruben.

'Dat hij gezellig met ons meegaat,' verklaarde ik, terwijl ik een gegrilde tomaat doorsneed.

Ik zag hoe Rubens ogen samenknepen en zijn mond verstrakte. Hij moest zich zo te zien enorm inspannen om niet uit te vallen.

'Wanneer is dat besloten?' vroeg hij kortaf.

'Gisteravond. We hebben met zijn moeder nog een wijntje genomen toen jij moest bellen. Ik vroeg of hij zin had mee te gaan en dat had hij.'
'Dan was je zeker stomdronken. Waarom vroeg je hem mee? Die saaie... houdt hij überhaupt van shoppen?' vroeg Ruben afgemeten.
'Vast wel. En hij kent de weg, dus dat is alleen maar makkelijker voor ons.'
Ruben gooide zijn half opgegeten toast op het bord en zei: 'Gaan jullie maar samen. Ik heb geen zin om met zoveel te gaan, ik had me erop verheugd met z'n tweetjes te zijn, Tess. Onze laatste dag in Engeland...' Zijn stem klonk klagend.
'Joh, doe niet zo prima donna-achtig. Ga toch leuk mee!' zei ik.
'Wat is er?' vroeg Max.
Eve keek Ruben en mij vragend aan.
'O niets, hoor. Toch, Ruben?' vroeg ik.
Ruben keek zwijgend naar zijn bord, schudde zijn hoofd en at haastig de rest van zijn toast op. Daarna stond hij op en mompelde 'Even een telefoontje doen.'

We stapten uit in Notting Hill Gate, beklommen de trap naar het daglicht en liepen naar Portobello Road. Ik had me er zoveel van voorgesteld en het viel niets tegen. Ik herinnerde me de film met Hugh Grant en hoe hij door die straat wandelde en iedereen vrolijk groette, ik herkende de gevels van de winkels, de kraampjes; het was precies zoals ik gehoopt had dat het zou zijn. Ik

had zin om Max in zijn hand te knijpen van plezier. Maar hij staarde nogal somber voor zich uit. Was hij misschien toch liever thuisgebleven? Vond hij het niet leuk om met mij op stap te zijn? Hij leek mijn gedachten te raden, draaide zijn hoofd naar me om en glimlachte. En het was direct of de zon straalde, zo hopeloos cliché. Wat een simpele lach kon doen!
Ruben keek opgewonden rond en riep: 'O darling, het is hier zááálig! Vind je het goed als ik de kramen even alleen langsga? Dan zien we elkaar om twaalf uur bij dat terrasje, daar?' wees hij.
Ik volgde met mijn ogen zijn vinger. Op de hoek was een pub. De stoep ervoor was ingericht als terras, met houten tafels en rieten stoeltjes. Ik zuchtte diep. Eerst tijdens het ontbijt zo ingewikkeld doen en nu wilde hij opeens in z'n eentje shoppen, onbegrijpelijk! Maar ik vond het allang best, dan kon ik tenminste ongestoord met Max praten.
'Prima. Zul je niet verdwalen zonder mij? En geen rare dingen doen?' vroeg ik.
Hij vroeg zijn portemonnee, wuifde en liep weg.
'Wat gaat Ruben doen?' vroeg Max.
'Hij wil liever even ongestoord shoppen. We zien hem straks om twaalf uur weer, daar bij die pub,' legde ik uit.
'Helemaal goed,' zei Max.
We schuifelden langs de kramen. Hij pakte mijn hand vast. Om me niet kwijt te raken, zei hij.
Ik moest mezelf bedwingen om me niet vast te klampen

aan die hand. Losjes vasthouden, zei ik streng tegen mezelf. Liefhebben is loslaten.
'Weet je al wat je wilt kopen?' vroeg Max.
'Eerst wil ik *fudge* voor mijn moeder en thee voor mijn vader hebben,' somde ik op, 'en wat leuks voor mijn vriendinnen. Daarna kijk ik voor mezelf.'
Hij knikte.
We vorderden langzaam, het was erg druk. Na een uur had ik eindelijk besloten wat ik hebben wilde. Ik had Max al zeker twintig keer gevraagd of hij het niet erg vond dat ik er zo lang over deed, maar hij bleef onverstoorbaar glimlachen en zei: '*Not at all.*'
Het assortiment was zo groot, kiezen leek een haast onmogelijke opgave, maar het was me gelukt: een doos vol gemixte fudge en een blik met vijf van de bekendste Britse theesoorten voor mijn ouders. Een batiksjaal voor Marieke en strasoorbellen voor Lotte.
Nu was ikzelf aan de beurt.
'En wat wil jij graag hebben?' vroeg Max, alsof hij wist wat ik dacht.
Ik vertelde hem over mijn passie voor tweedehands tasjes.
Hij keek me even indringend aan. 'Dan weet ik precies de plek voor je,' zei hij en trok me mee.

Halverwege de straat sloeg hij af naar rechts en leidde me naar een grote kraam met een felroze dekzeil. Het plastic was bedrukt met hartvormige rozenslingers met daarin de woorden: GLORIA'S PARADISE.

Gloria! Zou dat de Gloria zijn over wie Eve het de vorige avond had? Of was dit toeval?
'In de shop is nog meer te koop,' zei Max en hij wees naar de winkel achter de kraam. Ook het etalageraam was versierd met de woorden gevat in de rozenslingers. De naam had niet beter gekozen kunnen zijn. Max had me naar een hoeden- en tasjeswalhalla gebracht. Tasjes in allerlei kleuren en formaten, van alle denkbare soorten stoffen, met knopen en ritsen, met hengsels en kettingen lagen voor me uitgestald. De enorme collectie was overweldigend.
'Heb je een moment? Of heb je meer momentjes?' vroeg ik.
'Ik heb alle tijd,' antwoordde hij, 'kijk gerust rond.'
Een verkoopster kwam achter de kraam vandaan gesneld, greep Max bij zijn hand en zei: 'Hoi, Max! Wat fijn je weer te zien!'
Blijkbaar een vriendin van hem of zo? Hij begon een gesprek met haar. Ik bekeek het assortiment op mijn gemakje. Ik twijfelde tussen een grote gebloemde tas en een kleiner avondtasje. Ik pakte het donkergroene fluwelen tasje en opende de metalen knipsluiting. Het had twee vakjes met ritsen. In de voering onderin zat een naadje los, maar voor de rest was het tasje in perfecte staat. Het was schoon en rook fris. Erg belangrijk voor een tweedehands tasje, vond ik altijd. Een hartvormig labeltje met Gloria's Paradise sierde de naad net onder de sluiting. Zag er duur uit. Zou het een bekend trendy merk zijn of zo?

‘Goede keuze,’ zei Max opeens bij mijn oor.
Ik liet het tasje bijna uit mijn hand vallen van schrik. Ik klemde het goed beet en liet hem het labeltje zien. ‘Max, is dit een bekend merk of zo?’ vroeg ik.
‘Voor mij het bekendste merk van de wereld. Het is van mijn zus Gloria,’ zei hij.
Dus toch...
‘O, wat prachtig! Je zult wel heel erg trots op haar zijn.’
‘Ja, dat ben ik zeker,’ zei hij.
‘Ik zou haar best wel willen ontmoeten of is dat een stomme vraag... is ze hier?’ vroeg ik enthousiast.
Hij haalde diep adem. ‘Nee, ze is niet hier,’ antwoordde hij hees. Hij aarzelde even en zei toen: ‘Ze is dood.’
‘O nee Max, het spijt me zo, ik wist niet...’
‘Maakt niet uit, Tess, het is al goed,’ zei hij zacht.
Ik zag zijn blik donker worden, als regenwolken voor een heldere hemel. De glans was verdwenen. Ik durfde geen vragen meer te stellen, ik was te bang hem pijn te doen.
Hij schraapte zijn keel, raakte het groene tasje aan en zei: ‘Vind je deze leuk?’
‘Ja, perfect.’
‘Het is een cadeautje,’ zei hij kort.
‘Dank je wel,’ antwoordde ik.
Meer woorden had ik even niet.

‘Het is bijna twaalf uur,’ zei Max toen hij afgerekend had. Hij nam mijn hand weer in de zijne en dat stelde me gerust; hij nam me mijn vraag gelukkig niet kwa-

lijk. We schoven door de menigte naar de pub waar we Ruben zouden ontmoeten. Er waren nog maar twee tafeltjes vrij. We gingen snel zitten en bestelden alvast.
'Lady Grey en Earl Grey,' grapte Max tegen de serveerster toen ze vroeg welke thee we wilden. Hij kon weer lachen en ik beperkte me tot veilige onderwerpen. Hij vroeg naar de tweede workshop op school en ik informeerde naar het decor dat hij uit Broadstairs had opgehaald. We zwegen even. Er was zo veel te zeggen dat ongezegd bleef, woorden popelden in mijn hoofd: O Max, waar denk je aan, nu, vind je me leuk?
'Vanavond is je laatste avond hier,' zei hij toen ik een slokje thee nam.
'Weet ik,' reageerde ik. Absurd antwoord, natuurlijk wist ik dat! Ik wist het sinds ik hier was gekomen en hij ook. En we voelden allebei dat het afscheid onwelkom was. Hij tilde zijn hand op om hem op de mijne te leggen. Dat wist ik zeker. Maar voordat hij de beweging kon afmaken, dook Ruben op aan onze tafel.
'Ik ben zo geslaagd, darling! Ik heb de leukste stroppen *ever* gescoord,' meldde hij luidruchtig. Hij liet zich in een stoel naast Max vallen en schudde een paars plastic tasje leeg op de tafel. Er vielen wel zes stropdassen uit. Met stippen, streepjes, knalgroen en pastelroze. Max keek ernaar of het een nest ratelslangen was. Ruben gaf me zijn portemonnee aan.
'Dat ding is loodzwaar, het lijkt wel of je niets hebt uitgegeven,' zei ik.
'Ik kreeg steeds muntgeld terug, sorry. Als het te zwaar

is, *sweety*, draag ik je tasje wel. En wat heb jij gekocht?' vroeg Ruben.
Ik hield het fluwelen tasje omhoog. Ruben pakte het aan, bekeek het tasje van alle kanten, opende het, sloot het weer en floot: 'Klassetasje, hoor, en met een echt label erin: Gloria's Paradise. Sjiek.'
Ik knikte en gaf verder geen uitleg.
'Wat heb jij gekocht, Max?' vroeg Ruben.
Max antwoordde: 'Niets.'
'Nee, dat dacht ik wel, niet alleen saai maar ook gierig,' mompelde Ruben in het Nederlands en knipoogde naar me.
Ik gaf Ruben een schop onder tafel tegen zijn been. Hij slaakte een gil en riep over het terras: 'Aiaiai... ik heb zo'n dorst! Mevrouw, mag ik alstublieft wat bestellen?!' Ruben was onverbeterlijk.
We bestelden sandwiches en vruchtensap en ik genoot van de levendige sfeer van Portobello Road rondom ons. Ik zou hier zonder moeite kunnen wonen, dacht ik. Ik sloot mijn ogen even. Ik woonde hier niet, ik vertrok morgenvroeg en ik zou Max gruwelijk gaan missen.

Na de lunch stelde Max voor om naar Hyde Park te gaan. We namen de ondergrondse. Het park strekte zich als een groot groen eiland voor ons uit. We slenterden over de paden, we kochten een ijsje en huurden drie ligstoelen. We sleepten de stoelen in de schaduw van een grote eik, afgezonderd van de zonaanbidders,

die waren neergestreken op het gazon. Max zat links van me en bladerde door een krant die hij eerder op Portobello Road bij een kiosk gekocht had.
'Even kijken welke nieuwe stukken op West End verwacht worden,' zei hij.
Ik knikte, zuchtte tevreden en keek rond. Ik hield van stadsparken. Alles ademde de stad maar toch rook ik gras en hoorde ik natuur. Ik zag hoe Ruben een sjekkie draaide. Hij stak hem aan en inhaleerde diep. Een wietlucht dreef me tegemoet.
'Ruben, oen, wat doe je?! Je bent niet in Nederland, je mag hier niet blowen!' riep ik uit.
'Relax, *sweetheart*, dat heeft toch niemand in de gaten, dit park is zo oneindig groot.'
Hij blies een grote rookwolk uit.
'Je wordt nog opgepakt, sukkel, maak die joint uit,' zei ik dwingend.
Max snoof en keek op uit zijn krant. Hij fronste zijn wenkbrauwen, boog zich naar voren om Ruben te kunnen zien en vroeg: 'Waar ben jij in hemelsnaam mee bezig?'
Ruben had zijn ogen gesloten en antwoordde niet.
Ik stootte hem aan en zei: 'Max heeft het tegen jou.'
'Wat is er, *mate*?' vroeg Ruben vrolijk zonder zijn ogen te openen.
'Zou je alsjeblieft willen stoppen met roken?' vroeg Max scherp.
Ruben trok aan zijn sjekkie en kwam overeind in zijn stoel. 'Je maakt een grapje,' antwoordde hij grinnikend.

Hij blies cirkeltjes rook uit en keek ze met een flauwe glimlach na.
Ik keek naar links en zag hoe de wangen van Max rood aanliepen.
'Ik meen het, Ruben!' gebood hij, 'het is verboden en stom om te blowen.'
'Kom op, man, doe niet zo braaf en oersaai,' reageerde Ruben.
'Stop ermee!' riep Max. Hij gooide zijn krant op de grond en sprong op uit zijn stoel. Hij beende op Ruben af en griste het sjekkie tussen zijn vingers weg. Vervolgens wierp hij de half opgerookte joint op de grond en stampte er met zijn rechterschoen op. Veel vaker en harder dan nodig was. Hij leek buiten zichzelf, bleef op het gras trappen en vloekte binnensmonds.
'Doe normaal, man!' riep Ruben tegen Max. Hij kwam omhoog uit zijn stoel en wankelde even. Ik stond snel op en greep hem bij zijn arm.
'Ik geef hem een knal,' dreigde Ruben.
'Jij houdt je kalm,' waarschuwde ik, 'je mag hier nou eenmaal niet blowen. Dat weet je toch? Max heeft groot gelijk.'
Ruben haalde zijn schouders op en mopperde: 'Tut-Britten.'
Ik zag hoe Max langzaam kalmeerde. Hij streek nerveus met zijn hand door zijn haren. Hij wierp me een korte blik toe – zijn ogen waren dof als beslagen glas – en zei zacht: 'Sorry, ik had me moeten beheersen. Laten we gaan.'

Max zweeg de hele weg terug naar huis. Ruben trok rare gezichten achter zijn rug en ik kon de grijns wel van zijn gezicht slaan. Max mompelde 'tot straks' toen we de voordeur binnengingen en schoot de zitkamer in. Ik zei 'doei' tegen Ruben en trok me terug in mijn kamer. Ik ging languit op mijn bed liggen en had zin om even keihard te huilen. Ik zat zo boordevol met allerlei gevoelens: Max, zijn zus, het afscheid dat steeds dichterbij kwam. Maar ik wilde niet huilen, ik hield me in, ik had geen zin in gezwollen traanogen op de laatste avond. De laatste avond met Max. Ik schopte mijn schoenen uit. Max, arme Max, '*a brave boy*' hadden die meisjes in de pub hem genoemd. Wat een verdriet moest hij hebben om Gloria. Tranen drongen weer op. Ik kneep mijn ogen stijf dicht om ze tegen te houden en voelde dat ik doodmoe was. Ruben werkte me soms ook zo op mijn zenuwen met zijn stomme acties. Ik hoopte dat hij zich vanavond een beetje normaal zou gedragen. Ik pakte mijn mobiel uit mijn tasje naast het bed en wierp er een snelle blik op. Vijf uur. Nog twee uurtjes voordat we in The Round Glass verwacht werden. Ik stelde het alarm in op zes uur en draaide me op mijn zij.

Wonderlijk genoeg was ik in slaap gevallen. Ik werd gewekt door mijn ringtone. Na een snelle douche schoot ik in mijn jurkje. Nog een grondige opmaaksessie en ik was klaar voor de laatste avond. Een bescheiden klopje klonk op mijn deur. Met een bonkend hart opende ik de deur en ik keek in de spiegelende bril van Ruben. Ik

knipperde even met mijn ogen. Rubens felgroene stropdas op zijn knalgele overhemd krijste me tegemoet.
'Hé darling, ik zie dat je je feestjurkje aan hebt, partytime. Ben je er klaar voor?' vroeg hij opgewekt.
Ik knikte, pakte mijn tas en volgde hem door de hal.
'Zou Max al klaar zijn? Dan kan hij met ons mee,' stelde ik voor.
Ruben haalde zijn schouders op en zei: 'Ik vind het nogal een slome, laat hem maar lekker hartenjagen met zijn mams.'
'Doe niet zo stom. Hij zal heus zijn redenen wel hebben dat hij is zoals hij is. Je moet niet zo snel oordelen,' snibde ik. Max treurde om zijn zus, wist ik nu, dat leek de verklaring voor zijn somberte, maar ik had geen zin om dat Ruben aan zijn neus te hangen.
Ik klopte op de deur van de woonkamer en wachtte. Eve deed open en bekeek me aandachtig.
'Wat zie je er beeldschoon uit, lieverd. Wat kan ik voor je doen?' zei ze vriendelijk.
'Heeft Max al zin om met ons mee te gaan?' vroeg ik.
'Hij is net weg. Hij moest eerst naar de Academy, zei hij, en komt daarna naar de pub.'
Mijn glimlach bezweek onder de teleurstelling, Max was al weg. Maar ik zou hem later nog zien, troostte ik mezelf, onderweg naar The Round Glass. Ruben stak zijn arm door de mijne en floot *Rule Britannia*.

Tijdens het eten voerden we een discussie met Benjamin over het niveau van de Academy. Hij vond de Britse opleiding te vergelijken met de onze, wij – alle tien – vonden haar behoorlijk wat veeleisender. Zelfs Ruben was het daarmee eens, al vervloekte hij ondertussen voor de honderdste keer McConnor met zijn – zoals Ruben het hilarisch typeerde – poppenkasttoneel. Ik glimlachte maar kon me niet op het gesprek concentreren. Ik had geen rust en dacht steeds aan Max. Na het toetje moest ik mijn benen strekken en bewegen, anders werd ik gek.

'Zullen we darten?' vroeg ik aan Ruben.

Hij knikte.

'Eerst even naar de wc, ben zo bij je,' zei hij.

Ik liep naar de hoek die gereserveerd was voor de darters. Toen Ruben naast me kwam staan, gaf ik hem een set pijltjes aan. Hij had de zwarte veertjes, ik de rode. Hij won, ik verloor, maar het deed me niks. Ik wachtte op Max. We gingen aan de bar zitten. Voor een zaterdagavond was het niet erg druk in de pub, vond ik.

'Beetje duffe boel hier, darling. Ik hoorde net van twee gozers op het toilet dat er een paar straten verderop een leuke dansclub is. Zullen we daar zo gaan swingen?' vroeg Ruben.

Ik schudde mijn hoofd. Ik wachtte. We bestelden biertjes. Ik wachtte. Ik keek elke paar minuten om naar de deur. En wachtte. En eindelijk, eindelijk, rond elf uur kwam Max de pub binnen. Ik hoefde niet eens te wuiven. Hij tuurde speurend rond, zag me direct en liep regelrecht op me af.

13

Errol

4 Juli

Errol lag met wijdopen ogen naar het plafond te staren. Zijn handen rustten op zijn buik; een vleesberg die op zijn wervelkolom drukte. Hoe lang zou zijn rug hem nog kunnen dragen? Hij keek opzij. De klok naast zijn bed wees elf uur aan. Het was een oud analoog model van metaal. Hij kon niet wennen aan de nieuwe tijd. Digitale cijfertjes werkten op zijn zenuwen; ze waren ongrijpbaar, verdwenen zomaar in het niets zodra de stekker uit het stopcontact werd getrokken. Dat was met mobieltjes en computers ook zo. Alles wat digitaal of chip was, kon in een oogwenk verloren raken of kapotgaan. Een schijnwereld vol schijnveiligheid. Bestanden die zich in de hardware geborgen waanden, konden door een simpel virusje vernietigd worden. Iedere dag een back-up maken op een USB-stick, misschien wel meerdere malen per dag, nam hij zich voor. Maar een back-up loonde eigenlijk alleen de moeite als het script waardevol was. Hij sloot zijn ogen en mompelde: 'De spelers maken het spel. Ze hoeven niet eens opgeleid te zijn, zolang ze maar sprankelen.'

Hij had er de hele dag zijn gedachten over laten gaan. Zou hij er eentje kunnen ronselen in een kroeg, zoals ze dat vroeger in havenplaatsen deden met matrozen? Jonge mannen werden daar dronken gevoerd en als ze bijkwamen uit hun roes, koersten ze op volle zee, weg van huis en haard, de arme donders. Een illegale vluchteling of asielzoeker inzetten? Nee, die spraken geen Nederlands, dat werd te veel gedoe. Een advertentie plaatsen? Nee, het zou minstens twee weken duren voordat de advertentie alle respons zou krijgen, zeker in vakantietijd, en hij had weinig geduld. Een datingsite op internet bekijken en daar iemand van plukken? Probleem met die sites was dat iedereen er iedereen beloog en bedroog, een schijnwereld vol schijnheiligheid. Kon hij dan niet beter bij een uitzendbureau om een vakantiekracht vragen? Ja, gouden ingeving. Daar kon hij direct en persoonlijk kiezen, net als bij een castingbureau, compleet met curriculum en foto. Hij glimlachte.

14

Tess

4 Juli

Max werkte zich tussen de pubbezoekers door, knikte en zwaaide hier en daar. Ik draaide me om op mijn barkruk en zag hem naderen. Toen hij voor me stond, pakte hij mijn handen en zei: 'Sorry dat ik er nu pas ben, Tess. Ik had veel eerder willen komen, maar ik werd opgehouden op de Academy.'
De warmte van zijn handen trok via mijn vingers door mijn hele lijf. Ik gloeide van binnen en buiten. Voor zover ik het nog niet had beseft of had willen toegeven, was het me nu wel duidelijk: ik was heel erg verliefd.
'Maakt niet uit,' zei ik zacht. Want je bent er nu, dacht ik, en dat is wat telt. Nu.
Ruben stootte me aan en zei: 'Nu Max er is, kunnen we eindelijk weg uit dit saaie hol?'

Ik knikte haastig om van hem af te zijn.
Ruben gleed van zijn barkruk af, liep naar de grote tafel en riep: 'Wie heeft er zin om te swingen?'
Iedereen stak een hand op, behalve Benjamin. Die verontschuldigde zich en maakte een slaapgebaar met zijn handen, zag ik.
'Oké, dat is dan geregeld. Hier vlakbij is een dansclub. Gaan?' stelde Ruben luid voor.
Iedereen sprong op en Lizzy joelde: '*Let's go*!'
'Wat gebeurt er?' vroeg Max.
'We willen gaan dansen. Heb je zin om mee te gaan?'
'Natuurlijk. Maar alleen als je de laatste dans voor mij bewaart. Wil je dat?' vroeg hij.
Ik knikte blozend.
Ruben bewoog zich naar de deur en commandeerde: '*Follow me*!'
Max en ik volgden het groepje als laatste. Ruben hield de deur galant voor ons open, knipoogde naar me en sloot hem achter ons. Hij kwam naast me lopen.
'Waar gaan we dansen, Ruben?' vroeg ik.
'In een dansclub, One Night Stand,' antwoordde hij.
'Suggestieve naam,' reageerde ik.
'Erg toepasselijk voor je laatste avond in Engeland,' zei Ruben en hij bekeek me veelzeggend over de rand van zijn brillenglazen. Ik gaf hem een por in zijn maag. Lizzy riep hem en Ruben versnelde zijn pas om naast haar te kunnen lopen.
Ik voelde mijn keel samenknijpen. Het afscheid dat onherroepelijk zou komen, greep me nu al aan.

'Hoe was je avond tot nu toe, Tess?' vroeg Max.
'Oké,' zei ik en ik voegde eraan toe: 'Maar ik miste jou. Ik had je graag wat meer gezien en beter willen leren kennen.'
Ik durfde hem niet aan te kijken en voelde hoe mijn wangen kleurden. Eerlijk zijn is zo prima, maar ook zo eng soms. Nu zou Max bijvoorbeeld kunnen zeggen dat hij me helemaal niet gemist heeft of hij zou mijn woorden kunnen negeren. En dan zou ik me diep gekwetst voelen en me de rest van de avond door de schaamte heen moeten ploegen. In plaats daarvan pakte hij mijn hand, hield me staande en fluisterde: 'Ik ook, Tess. Ik vind je zo leuk.' Hij drukte een moment zijn lippen zacht tegen mijn wang. Toen keek hij me aan en glimlachte. Niet oppervlakkig of vlak maar met zijn hele gezicht; het verdreef de doffe somberte uit zijn ogen. Verdriet is donker en vreugde is licht, dacht ik onwillekeurig, eerst vallen de dorre bruine bladeren, voordat er frisse groene groeien.
Hoe lang geleden zou Gloria overleden zijn? Zou ik het wagen te vragen?
'Kom op, laten we dansen!' hoorde ik Ruben roepen.
'Waar gaan we naar toe?' vroeg Max.
'Naar One Night Stand,' antwoordde ik.
Max had mijn hand nog steeds beet en ik voelde zijn vingers even samenknijpen rond de mijne.
'Is het daar niet leuk? Ga je er liever niet naar toe?' vroeg ik.
'Ik kwam er veel... totdat Gloria stierf,' zei hij zacht. Ik

kon hem amper verstaan. Er waren daar natuurlijk veel herinneringen die hij wilde vermijden. Logisch!
'Als je er liever niet naar toe wilt, kunnen we ook naar een andere club gaan,' stelde ik voor.
Hij sloot even zijn ogen en zei toen resoluut: 'Nee, het is een keer tijd om erheen te gaan.'
'Hoe lang geleden is Gloria gestorven?' vroeg ik en ik vlocht mijn vingers tussen de zijne. Ik wilde hem laten voelen dat ik meeleefde.
'Een halfjaar... het was tien december.'
'Tess, schiet eens op, darling, partytime!' riep Ruben.
Hij wachtte, samen met de anderen, voor een felverlichte gevel. Knalgele neonletters spetterden de woorden ONE NIGHT STAND boven de glazen entreedeuren.
'Kun je het aan?' vroeg ik Max toen we bij de ingang arriveerden.
'Ja... moet lukken. Met jou erbij zeker,' antwoordde hij.
Ik volgde Max naar binnen. Hij baande zich een weg door de dansende menigte, achter Ruben en de rest aan. Ruben stopte bij een zithoek; twee kolossale loungebanken in felgroen leer. We gingen zitten – ik tussen Max en Ruben in – en we bekeken de lijst met drankjes.
'Ik trakteer,' bood Ruben aan, 'jij hebt mijn portemonnee, hè?'
Ik knikte.
Een hippe serveerster in een miniem minirokje nam onze bestelling op: tien cocktails. Ik keek om me heen. De club was één grote dansvloer omgeven door banken.

Hier en daar stonden verlichte glazen pilaren. Ze waren gevuld met wild borrelend water dat golfde in steeds wisselende kleuren. De muziek baste door de ruimte.
'Hippe club,' zei ik tegen Max, maar hij antwoordde niet.
Hij lette niet op mij, maar staarde strak naar de dansvloer. Ik volgde zijn blik en zag een meisje met kort zwart haar dansen met een breedgeschouderde kale jongen, type sportschoolbully. Het meisje tuurde naar Max en zwaaide enthousiast naar hem. Max knikte kort en keek toen naar zijn handen. Hij klemde zijn vingers zo strak in elkaar dat ze wit werden. Zijn mond trilde, zag ik. Was hij boos, verdrietig? Ik kende hem niet goed genoeg om dat te kunnen beoordelen. Nog niet.
'Dansen?' vroeg ik om hem af te leiden.
Hij richtte zijn hoofd op en keek me ernstig aan. 'Dadelijk, oké? We kunnen beter eerst onze cocktail opdrinken. Ik laat drankjes liever niet onbeheerd staan. Je weet maar nooit...' waarschuwde hij.
Hij had gelijk. Als ik in Nederland uitging, zorgde ik ook altijd dat ik wist wat ik dronk. Ik liet mijn drankje nooit onbewaakt staan. Ik wilde niet het risico lopen om verdoofd te worden en vervolgens ergens bij te komen met mijn onderbroek op mijn enkels, of nog erger. De club was behoorlijk vol en de temperatuur bereikte een tropisch niveau. Ik had dringend een spiegel nodig om mijn hoofd op roodheid te checken. Beetje bijpoederen zou niet overbodig zijn, vreesde ik.

De meeste vrouwen brengen blosjes op hun wangen aan, ik wilde ze juist camoufleren.
'Ik moet even naar het toilet, zo terug,' zei ik tegen Max.
'Ik pas wel op je drankje,' beloofde hij met een lieve knipoog.

Op het toilet koelde ik mijn polsen onder de koude kraan. Mijn wangen gloeiden me tegemoet in de spiegel. Ik poederde de rode konen weg onder een beige laagje. Een meisje stuiterde met veel lawaai de wc-ruimte binnen. De deur dreunde achter haar dicht. Het was gedaan met de rust. Ik borg het poederdoosje op in mijn tas en keek nog een keer in de spiegel om mijn wangen te controleren. Toen ging de deur weer open.
'Blijf uit m'n buurt, laat me met rust!' hoorde ik een meisjesstem achter me roepen.
Ik schrok van haar geschreeuw. Een jongen was net de wc binnengekomen, zag ik in de spiegel, en hij beende op het meisje af. Het was de kale jongen die ik op de dansvloer had gezien. Ze weerde hem af. Vanuit mijn ooghoek volgde ik – als in slow motion – hoe de jongen het meisje in een hoek dreef en uithaalde. Hij gaf haar een harde stomp op haar neus. Het was of iemand een ijskoude plens water in mijn gezicht gooide, mijn adem stokte.
'*Bitch*, geef het aan mij!' blafte de jongen.
'Het is van mij, Joey,' kermde het meisje, terwijl ze haar bloedneus probeerde te stelpen met haar vingers. 'Mijn neus is gebroken, hou alsjeblieft op!'
Ik werd misselijk: bloed, al dat bloed. De jongen keek

me dreigend over zijn schouder aan en snauwde: 'Rot op en hou je kop dicht.' Ik bewoog naar de deur, maar weifelde; wat moest ik in vredesnaam doen? Helpen, hulp halen? Het gewonde meisje probeerde te ontsnappen in mijn richting, maar Joey greep haar bij haar lange blonde haren. Toen klemde hij een hand rond haar keel en knalde haar met haar rug tegen de witbetegelde muur tussen de fonteintjes. Ze hapte naar adem, kreunde en gleed langs de wand naar beneden. Ik aarzelde niet langer, stoof naar de deur, trok hem open en rende de club in om hulp te halen. Achter me hoorde ik een doordringende gil wegsterven.

Ik wrong me paniekerig door de kluwen mensen heen over de dansvloer, naar de zithoek toe. Het was als zwemmen door zuigende modder. Mijn adem stootte door mijn borst en angst priemde als een dolk in mijn maag. Ik had het gevoel dat ik moest overgeven, de afschuw eruit braken. Ik kwam bij de bank aan en zocht steun met mijn handen op de leuning. 'Ruben, Max, help!' bracht ik uit.

Ze sprongen allebei op.

'What's up, darling,' riep Ruben grijnzend, 'zit Jack the Ripper je op de hielen of zo?' Hij zoog aan een rietje dat uit een gifgroen drankje stak.

'Tess, wat is er?' vroeg Max dringend. Hij pakte me stevig bij mijn bovenarmen beet en ik klampte me aan hem vast, bang dat ik anders onderuit zou gaan.

'In het toilet... er is daar een meisje... ze wordt door een jongen in elkaar geslagen. Schiet op!' zei ik hijgend.

Als ik nog sneller ademde, dan hielden mijn longen het niet meer bij.
Max merkte mijn paniek en legde zijn hand tegen mijn wang. 'Rustig maar, Tess, ik ga wel met je mee, oké?'
Ik knikte heftig. Lokken haar plakten kleverig in mijn nek. Angstzweet.
Ruben had het gesprek aangehoord. Zijn grijns was verdwenen en hij zette haastig zijn glas op de lage tafel neer: 'Ik ga mee.'
Mijn benen trilden, maar ik vermande me. Ik liet Max los en zei: 'Kom snel!'

We worstelden ons door de dansende menigte, ik voorop. Max hield me tegen bij de deur en rende als eerste de wc-ruimte binnen, ik volgde hem. Ruben riep achter me: 'Sjeesus, dit is hardcore!'
De kale jongen stond gebogen over het bloedende meisje. Hij schreeuwde 'Zeg wat, bitch!' en haalde uit met zijn voet om haar in haar buik te schoppen. Een pijnscheut schoot door mijn maag, net alsof ik degene was die de trap ging krijgen. Het meisje lag roerloos op de vloer, haar groene jurkje verfomfaaid en opgeschoven tot boven haar heupen. Zo te zien was ze bewusteloos. Ik hoopte het maar voor haar, dan voelde ze tenminste niets meer. Max liet geen seconde verloren gaan en greep in voordat Joey het meisje kon trappen. 'Klootzak!' brulde Max en zijn stem echode door de betegelde ruimte. Hij stormde op Joey af, greep hem bij zijn schouders en slingerde hem van zich af.

Ik zag hoe Ruben bij het meisje knielde. Hij hield zijn hand voor haar mond om haar ademhaling te controleren. 'Ze leeft nog maar bloedt wel erg,' zei hij, 'we moeten een ambulance waarschuwen.'
Ik knikte, maar werd afgeleid door Joey. Die was met een kreet op zijn kont beland en keek verdwaasd op. Toen sperde hij zijn ogen wijdopen. Zijn mond vertrok in een grimas en hij siste: 'Jij hier, Max? Ik had niet gedacht jou hier ooit nog eens te zien, *loser*.' Hij gooide zijn hoofd in zijn nek en begon te lachen: een spottende schelle hinnik. Een huivering liep langs mijn rug.
Max snoof als een wild dier. Hij dook op Joey als een roofvogel en brulde: 'Jij verdient de dood!' Metaal glom in de hand van Joey.
'Nee, Max, stop! Kijk uit!' riep ik.
Joey stak toe.
Ruben sprong overeind en schreeuwde: 'Allemachtig, ze zijn totaal gestoord!'
Mijn keel werd dichtgeknepen, ik kreeg geen lucht. Ik kon niets meer uitbrengen, niets meer doen. Ik viel op mijn knieën en zocht steun met mijn handen op de koude vloer. Ik was duizelig, zo duizelig. Ik kroop naar Max toe en stak mijn hand uit. Te traag, te laat. Joey had al toegestoken. Max klauwde naar zijn maag en tuimelde voorover, boven op Joey.
Er klonk een gil vanuit de deuropening. Een donker meisje had haar hoofd om de deur gestoken en krijste: 'Help! Bel de poltie! En een ambulance! Help!' Ze rende de club weer in. De snerpende stem van het meisje maak-

te mijn hoofd weer helder, al kon ik me nog steeds niet bewegen. Mijn lijf voelde loodzwaar, ik kon alleen maar ongelovig staren naar die afschuwelijke Joey met zijn kale kop. Hij schoof met ruwe bewegingen Max van zich af alsof die een zak aardappels was. Max' lichaam gleed op de tegelvloer en hij rolde steunend op zijn zij. Bloed doordrenkte zijn blouse en kleurde de witte vloertegels rond zijn maag langzaam glanzend rood. Joey werkte zich omhoog en wierp een waarschuwende blik op Ruben en mij. Hij richtte zijn mes op ons, eerst op Ruben en toen op mij, alsof hij op ons mikte met een pistool. Zijn lichtblauwe shirt was net boven de riem besmeurd met het bloed van Max. Twee vegen in de vorm van een V. Het teken van vrede, dacht ik, en ik slikte. Ik voelde een zure golf uit mijn maag omhoog kolken. Joey hijgde: 'Jullie hebben mij niet gezien.' Hij was verdwenen voordat ik hem tegen kon houden.

'Shit, ik moet piesen, ik doe het zowat in mijn broek van angst,' piepte Ruben. Hij ging haastig een toilet binnen.

In de stilte die volgde, was het of ik mijn hart hoorde roepen: Max!

'Max,' fluisterde ik. Ik kroop onvast naar hem toe; de gladde tegelvloer leek onder me te glibberen als een ijsbaan. Max hield zijn handen tegen zijn maag gedrukt. Zweetpareltjes glinsterden op de wasbleke huid van zijn gezicht. Zijn ogen waren gesloten en hij ademde snel. Zijn lippen bewogen en ik boog me dicht naar hem toe. 'Bel een ambulance,' kreunde hij.

'Die is al onderweg,' zei ik.
Ruben trok door en kwam het toilet uitlopen. Ik draaide me even naar hem om en ik zag dat hij iets in zijn zak stopte. Hij had door dat ik naar hem keek. 'Mijn aansteker,' mompelde hij, 'uit mijn zak gegleden.' Hij stak zijn trillende handen omhoog en zei: 'Ik ben zo gigantisch toe aan een sigaret, ik shake helemaal.'
De deur werd opengegooid. Twee agenten en een man in een witte jas stormden de kleine ruimte binnen. De nachtmerrie was nog niet voorbij.

15

Errol

5 Juli

Errol opende zijn ogen. Het moment waarop hij ontwaakte en zich nog niet bewust was van zichzelf en de buitenwereld, vond hij het fijnste ogenblik dat hij kende. Op dat omslagmoment – op de drempel van slapen en ontwaken – moest er nog niets en was hij nog niets. Niet dik, niet werkloos, niet eenzaam. Hij zette nooit een wekker, hij gunde zijn lijf een ongestoord bioritme, het mocht zelf bepalen wanneer het wakker wilde worden. Nu had de honger zijn lichaam gewekt, wist hij, het was tijd voor zijn gebruikelijke nachtsnackje. Hij keek op de wekker: tien over een, het klopte precies. Hij werd elke nacht rond dat tijdstip wakker. Errol werkte zich moeizaam overeind en plantte zijn benen buiten het bed. Hij bestudeerde ze

even. Het waren net olifantspoten: grijskleurig, rimpelig en massief.
Steunend kwam Errol omhoog van het bed. Hij droeg wat hij gisteren ook droeg en wat hij morgen ook weer zou dragen, dag en nacht. Gemiddeld deed hij een week met dezelfde kleren, dan waste hij ze. Zijn kleding was uniform: een katoenen beige broek en lichtblauw overhemd in het voorjaar en de zomer. In de herfst en winter een spijkerbroek en donkerblauw overhemd. In zijn kamer droeg hij nooit schoenen. Errol deed zijn bedlamp aan en liep op blote voeten naar het keukenblok. Uit de koelkast haalde hij drie saucijzenbroodjes, die hij opwarmde in de magnetron. Hij schonk een grote beker melk vol. Toen pakte hij uit een kast een dikke reep witte chocolade. Hij zette alles op een blad en plaatste het op zijn nachtkastje. Hij liet zich op zijn bed zakken, nam het blad op schoot en at. Toen het blad leeg was, zuchtte hij tevreden. Nog even goed slapen en dan fit op: morgen zou een drukke dag worden. En een bijzondere dag... hij voelde het.

16

Tess

5 Juli

'Ik heb het je toch gezegd! Stille wateren hebben diepe gronden, darling. Max is een maniak!' riep Ruben uit.
'Hoezo, Max een maniak?! Die andere vent die dat meisje mishandelde, die Joey, dát is de maniak, niet Max!' reageerde ik fel.
Het was twee uur in de nacht. Ik zat klaarwakker maar bekaf op de bedrand in mijn kamer op ons tijdelijke logeeradres. Het was er zo fijn geweest en nu voelde ik me er opeens onveilig.
'Maar zag je dan niet hoe Max tekeerging? Die Joey kon toch niets anders doen dan zich verdedigen,' bracht Ruben ertegen in.
Ik schudde wild mijn hoofd, hoe kon Ruben zo stom kletsen, zo blind zijn? Hij zat naast me op het bed en ik

had zin om hem een keiharde knal te verkopen. Was het dan inderdaad waar, dat agressie aanstekelijk werkt? Ik schoof mijn handen voor de zekerheid onder mijn billen.

'Ik begrijp niks van jou! Een weerloos meisje wordt geslagen en jij gaat de aanvaller verdedigen? En de verdediger aanvallen?'

'Ik zeg gewoon wat ik vind, darling. Dat jij toevallig een oogje hebt op Max, maakt hem nog geen onschuldig schaap,' zei Ruben en hij sloeg zijn arm om mijn schouder.

Ik schudde zijn arm af en stond op. Het was of ik verdwaald was in mijn eigen hoofd. Een onwerkelijke werkelijkheid. Max was in zijn buik gestoken maar niet in levensgevaar, had de politie gezegd. Ik had Max niet meer kunnen spreken. Hij was meegenomen met de ambulance, samen met het gewonde meisje. Ruben en ik waren in de garderobe van de dansclub verhoord door de politie. Ik had ze zo duidelijk mogelijk verteld wat ik gezien had: de vechtpartij, Joey en onze inmenging. Ik liet me niet bedreigen door zo'n bruut; ik had alles verteld wat ik wist. Ik had tot in de kleinste details beschreven hoe Joey eruitzag en wat hij precies had gedaan. Zolang het meisje bewusteloos was en Max niet aanspreekbaar, konden zij niets zeggen. Hoe uitgebreider mijn omschrijving van Joey was, des te eerder de politie hem kon opsporen. Ik hoopte maar dat Ruben geen onzin had uitgekraamd en dat hij de politie niet het idee had gegeven dat Joey onschuldig was.

Ik ging tegenover Ruben staan en vroeg: 'Wat heb jij toch tegen Max?'
'Ik vertrouw hem gewoon niet, dat heb ik je steeds gezegd, darling. Ik kan je nog meer over hem vertellen, ik hoorde...' ging Ruben verder.
Ik stak mijn hand op en snauwde: 'Het interesseert me niet wat jij hebt gehoord. Als er echt iets met Max aan de hand is, wil ik het van hem zelf weten en niet via anderen. Bespaar me je roddels, alsjeblieft!'
Hij keek me strak aan van achter zijn forse brillenglazen. Hij deed me opeens denken aan een loerende slang die ieder moment zijn gif kan spuiten. Ik moest me bedwingen om niet te rillen. Bizarre gedachte, Ruben zou me nooit kwaad doen. Maar toch voelde ik me onveilig en kwetsbaar. Dat komt vast door alles wat er gebeurd was, sprak ik mezelf kalmerend toe. En ik was eindeloos moe, tot in mijn vingers en tenen. Zelfs mijn krullende haar voelde futloos.
'Genoeg gepraat, ik ga slapen. Of liever gezegd, proberen te slapen. We moeten morgen vroeg opstaan,' zei ik.
Ruben kwam langzaam overeind. 'Ja, we worden om tien uur opgehaald.'
Hij strekte zijn hand uit naar het fluwelen tasje op mijn nachtkastje. Gloria's Paradise. 'Prachtige aankoop, darling,' merkte hij op.
Ik knikte en zei: 'Jij mag het tasje gerust nog even op je gemak bewonderen, maar ik ga nu douchen. En daarna slapen. Zie je morgen.'

Mijn tranen mengden zich met de waterstralen van de douche. Ik probeerde de gedachten aan wat ik gezien had van me af te spoelen, maar de beelden hadden zich vastgezet in mijn brein. Ik zag bloed, het mes van Joey en het witte gezicht van Max. Ik hoorde het gegil van het meisje, het gekreun van Max. Ik zette de kraan uit en droogde me af. Ik bond mijn natte haren in een handdoek rond mijn hoofd en trok mijn slaapshirt aan. Door de hal liep ik terug naar mijn kamer, waar ik besluiteloos op mijn bed neerplofte. Wat moest ik doen? Wat kon ik doen? Eve was naar het ziekenhuis, wist ik, ze had een briefje op de zitkamerdeur geplakt. Ze had zelfs de ontbijttafel al gedekt, voor het geval dat ze er niet zou zijn morgenvroeg. Ik verborg mijn hoofd in mijn handen. Ik wilde huilen maar het lukte niet. Ik wist niet of er reden was om te huilen: was Max zwaargewond of niet? Moest hij in het ziekenhuis blijven of kwam hij nog thuis voordat ik zou vertrekken? O, ik wilde zo dolgraag weten hoe het met Max was! En hoe ging het met het gewonde meisje? En zou de politie Joey vinden? Ik keek op mijn mobiel: 02:30. Over zeveneneenhalf uur ging ik op weg naar huis. Ik had me de laatste avond zo anders voorgesteld. Ik dacht Max beter te leren kennen; dan zouden we kunnen afspreken dat hij misschien eens naar Nederland zou kunnen komen. *Dream on*, Tess. Ik trok mijn handdoek van mijn hoofd en schudde mijn haren los. Wakker blijven had geen zin, proberen te slapen leek ook zinloos. Ik besloot te gaan liggen, mijn ogen te sluiten en te wachten op wat komen ging. *Whatever*.

Ik werd wakker door geklop op de deur. Zodra ik mijn ogen opende, wist ik alles weer. Alsof de narigheid, trappelend van ongeduld, net om het hoekje van mijn bewustzijn had gewacht tot ik gewekt zou worden. Max! O Max! Dat was dus de bijkomende ellende van iemand toelaten en liefhebben: zorgen en verdriet! Ik gooide het dekbed van me af en haastte me naar de deur. In de hal stond Eve. Haar gezicht was bleek, scherpe rimpeltjes tekenden zich af rond haar ogen.

Mijn stem trilde toen ik vroeg: 'Max...?'

'Geen zorgen, lieverd, het gaat goed met hem. De steekwond in zijn maag is oppervlakkig. Hij heeft geen interne verwondingen of bloedingen, godzijdank.'

'Mag hij al naar huis?' vroeg ik.

Eve schudde haar hoofd en antwoordde: 'Hij moet nog tot de ochtendvisite van de arts blijven. Ik haal even wat toiletspullen en schone kleren voor hem op en dan ga ik weer terug naar het ziekenhuis.'

'O, Eve... ik ben zo blij dat hij in orde is,' verzuchtte ik. De opluchting was zo groot dat ik me niet meer kon inhouden. Ik voelde de tranen over mijn wangen lopen. Eve zette een stap naar me toe en sloeg haar armen om me heen. Ik rook haar parfum, fris en bloemig. Haar handen streelden troostend mijn rug.

'O lieve Tess, Max wist dat je ongerust zou zijn, daarom wek ik je nu ook. Hij vroeg me om je te zeggen dat hij je zo snel mogelijk zal bellen. Wil je me je mobiele nummer geven?' vroeg Eve.

Ik maakte me voorzichtig van haar los en glimlachte door mijn tranen heen. Max zou bellen! 'Ik schrijf het op, een momentje alsjeblieft,' zei ik. Ik pakte mijn handtas van de stoel, pakte een pen en mijn agenda, scheurde er een velletje papier uit en schreef:

Lieve Max,
Ik ben zo blij dat het goed met je gaat. Ik hoop dat je me snel belt, mijn nummer is: 06 – 3200365. Je bent altijd welkom in Nederland! Veel beterschap!
Tess, xxx

Ik gaf Eve het briefje en vroeg: 'En hoe is het met het meisje?'
Ze antwoordde: 'Ik weet de details niet maar Max zei dat het goed met haar komt.'
'Gelukkig,' zei ik.
Eve omhelsde me nog een keer en zei: 'Het spijt me zo dat je bezoek hier op deze manier moet eindigen. Kom alsjeblieft nog eens terug. Goede reis naar huis, Tess.'
'Dank je, het allerbeste voor Max en jou,' fluisterde ik in haar hals.
Ze drukte een snelle zoen op mijn wang, glimlachte kort en ging. Ik liep terug naar mijn bed en ging weer liggen. Een korte blik op mijn mobiel vertelde me dat het zeven uur was.
Ik haalde diep adem en de opluchting stroomde door mijn lichaam. Max was in orde. En het meisje ook.
Ik sloot mijn ogen en net toen ik mezelf voelde weg-

zakken, trilde mijn mobiel. Ik tastte naast me, op het nachtkastje, waar het toestel groen oplichtte. Mijn hart klopte haastig. Zou het misschien Max zijn?

'Met Tess.'

'Ben jij het Nederlandse meisje uit de club?'

Ik aarzelde met antwoorden. Ik herkende de stem niet. De man sprak knauwend Engels, een soort Brits op zijn Amsterdams.

'Ja,' zei ik.

'Politie. We hoorden dat de vechtpartij in de club misschien te maken had met een drugsdeal. Is jou iets opgevallen? Heb je gezien of het meisje iets achterliet op het toilet? Drugs of geld, misschien?'

Ik weifelde weer. Ik vond het een nogal vroeg tijdstip voor de politie om te bellen. Zou dat de gewoonte zijn in Engeland?

'Nee, ik heb niets raars gezien. Ik heb jullie alles verteld. Maar waarom bellen jullie nu?' vroeg ik.

'We hebben Joey gevonden. Hij beweert dat Max het meisje probeerde te overvallen en dat jij en je Nederlandse vriend daarbij betrokken waren. En dat jouw twee vrienden het meisje in elkaar sloegen en Joey bedreigden. Hij zei dat hij daarna moest vluchten voor zijn leven,' verklaarde de mannenstem. Hij praatte snel, ik kon hem maar net volgen.

Ik schoot overeind en riep verontwaardigd: 'Dat liegt hij! Vraag maar aan Max en het meisje, zij weten wat er is gebeurd! Geloof niet wat die idioot zegt!'

'Dat doen we ook niet, maar ik moet het wel checken.

We zullen ook zo snel mogelijk met Max en het gewonde meisje praten. Het spijt me dat ik zo vroeg bel, maar ik moest het weten. Als we nog meer informatie nodig hebben, dan bellen we je in Nederland. Zou je me misschien jullie adressen en telefoonnummers thuis kunnen geven?'

Ik noemde het adres van mijn kamer en dat van het studentenhuis van Ruben. Ik had geen telefoon daar, Ruben wel maar dat nummer ken ik niet, verklaarde ik.

'Bedankt en een goede reis.' De verbinding werd verbroken.

Ik keek op mijn mobiel: 07:25. Ik legde het toestel terug op het nachtkastje. Ik zag de kale kop en priemende ogen van Joey weer voor me. Een hele geruststelling dat ze hem hadden opgepakt, die griezel. Hij spoorde echt niet. En wat een geklets over een drugsdeal. Wat een nonsens! Max had sowieso een bloedhekel aan blowen. Ruben blowde wel, maar ik zag hem in geen honderd jaar in staat tot een drugsdeal. Daar had hij de zenuwen niet voor. Ik ook niet, dacht ik, maar hij zeker niet. Als hij moest improviseren, plaste hij al bijna in zijn broek. Bovendien zwom hij in het geld, met zijn rijke ouders. Ik zou Ruben er straks over vertellen bij het ontbijt, hij zou er wel om kunnen lachen.

Ik liet me terugzakken op het kussen. Slapen had geen zin meer. Wat nu? Ik besloot nog een briefje voor Max te schrijven; dat kon ik straks achterlaten op de ontbijttafel. Ik stond op om mijn pen te pakken en gebruikte de achterkant van het excursieprogramma als briefpapier, dat had ik toch niet meer nodig, *the party was over*. Ik zette mijn kussen overeind tegen het hoofdeinde, ging zitten en begon:

Lieve Max,

Als je dit leest, ben ik al onderweg naar huis. Ik vond het erg leuk om je te ontmoeten. Zo jammer dat we geen afscheid hebben kunnen nemen. Ik hoop dat we snel kunnen bellen, dan kun je me alles vertellen over wat er gebeurd is met Joey en het gewonde meisje en hoe het in het ziekenhuis was. De politie belde me net, ze hebben Joey opgepakt! Hij heeft de politie verteld dat wij – Ruben, jij en ik – allemaal betrokken waren bij een drugsdeal. Stel je voor! Gelukkig geloofden ze hem niet. Wat dat betreft is de Nederlandse nationaliteit een vloek: ons imago is dat we geboren drugsverslaafden en -dealers zijn! Ik hoop dat je me nog steeds wilt kennen, ook al ben ik Nederlands! We hebben helaas niet meer over Gloria kunnen praten. Ik zou graag meer over haar weten, ik vind het zo erg voor jou en je ouders! Nu moet ik mijn spullen gaan pakken en dan begint de thuisreis.

Een lieve kus, Tess.
(of meer lieve kussen, als je ze hebben wilt...)

Ruben klopte om negen uur op mijn deur en riep: 'Goedemorgen zonder zorgen!'

Ik had me al gedoucht, aangekleed en mijn bagage stond reisklaar.
'Kom maar binnen.'
'Darling, je bent al helemaal klaar om te gaan,' zei hij verrast toen hij binnenkwam.
'Ja, ik ben al uren wakker. Eerst werd ik gewekt door Max' moeder en daarna belde de politie me. Met Max en het meisje gaat het goed en Joey is gearresteerd door de politie.'
Ruben knikte en zei toen opgewekt: 'Dat klinkt als: eind goed al goed.'
'Ja, al vond jij het logische zelfverdediging van Joey, de politie denkt daar gelukkig anders over,' zei ik.
'Nou, darling, zo zwart-wit wil ik het nu ook niet stellen...' reageerde Ruben.
'En weet je wat de politie trouwens ook nog zei: dat Joey ons beschuldigt van drugshandel, wat een klojo, hè? Vind je hem nog steeds zo onschuldig?'
Ruben snoof en gaf geen antwoord. Hij stond alweer in de gang, met zijn rug naar me toe gekeerd.
'Joey heeft het verhaal opgehangen dat de ruzie op de wc vanwege drugs was. En dat wij de dealers waren en hij dat meisje probeerde te beschermen. Hoe krijgt-ie het bij elkaar verzonnen, de vuile rat! Zullen we ontbijten?'
'Yep,' reageerde Ruben kort.
Ik pakte snel mijn brief voor Max van het nachtkastje. Ruben liep voor me uit naar de ontbijtkamer.
De tafel was gedekt, de snelkoker stond klaar en brood

en crackers lagen afgedekt op een schaal. Ruben ging zitten en klaagde: 'Geen eggs en bacon vandaag.'
'Nee, en ook geen Max en Eve. Maar wel kaas en marmelade en mijn geweldige gezelschap,' antwoordde ik kortaf. Ik kon het niet helpen, maar Rubens reacties vond ik soms zo egocentrisch. Alsof er behalve hem niemand op de wereld was die ertoe deed.
'Heb je een beetje een ochtendhumeurtje, darling?' vroeg Ruben.
'Nee hoor, alleen wat kort geslapen. Laat me maar even met rust.'

We ontbeten kort en zwijgend. Ik schonk een laatste kopje thee in voor Ruben en mij en zette mijn brief voor Max tegen de theepot aan.
Ruben trok een wenkbrauw op. 'Fanmail?' zei hij.
Ik knikte.
'Weet je, je vergist je in Max. Ik wilde je dit niet zeggen, maar ik heb geen keuze, ik moet je beschermen.'
'Hou toch op, Ruben!'
'Nee, luister naar me, Tess. Ik hoorde gisteravond in de pub en in de nachtclub allerlei verhalen over Max.'
'En jij gelooft al die pubpraatjes?' vroeg ik. Ik had zin om mijn wijsvingers in mijn oren te stoppen, maar dat zou te kinderachtig zijn.
'Tess, luister! Max was tot verleden jaar zwaar verslaafd aan drugs. Het is niet voor niks dat de politie hem verdenkt van een drugsdeal, hoor. Dat komt echt niet zomaar uit de lucht vallen.'

'Onmogelijk! Jij bent hier de blower, vriend. Max heeft er juist een hekel aan!' riep ik uit.
'Dat heeft een reden. Die verslaving was nog niet eens het ergste. Max had blijkbaar altijd een flinke voorraad wiet en coke thuis. En zijn zus heeft toen, in een dolle bui, wat van die coke genomen om mee te experimenteren. Zij is een halfjaar geleden of zo overleden aan een overdosis.'
Het was of ik een stomp in mijn maag kreeg. Ik voelde de cracker met cheddarkaas omhoog komen en hapte naar adem. 'Nee, dat geloof ik niet! Zo is Max niet! Dat kan zo niet gebeurd zijn!'
'Zo is het dus wel gegaan, Tess. Zijn vader kon er niet mee leven, hij kon Max niet vergeven en is vertrokken en zijn moeder is gebleven. Zijn ouders leven nu gescheiden. Je hebt zelf gezien hoe Max en zijn moeder met elkaar omgaan. Ze is overbezorgd en als de dood dat er wat met Max gebeurt,' vervolgde Ruben. Hij nam een laatste slok thee en veegde zijn mond af. Het gebaar had iets tevredens, alsof hij ingenomen was met dat wat hij vertelde.
Ik werd nog misselijker dan ik al was. Ik schudde mijn hoofd. Ik kon en wilde Ruben niet geloven. Iedereen leek dol op Max te zijn, waar we ook kwamen, hij werd steeds hartelijk begroet.
'Darling, ik begrijp hoe moeilijk het voor je is want je vindt hem leuk. Maar voor je eigen bestwil: neem die brief mee en vergeet Max.' Ruben knikte achteloos richting de brief.

'En als je mij niet gelooft, darling, dan kan ik je het nummer geven van die vriend van hem. Die blonde, weet je nog, die met ons meeliep toen we uit de pub kwamen? Die sprak ik gisteravond in die dansclub. Hij vertelde me van alles over Max. Niemand nam Max de dood van zijn zus kwalijk, zei hij, maar ja… het is uiteindelijk wel zijn schuld, als je het mij vraagt. Vind je niet?'

Wat moest ik denken, wat kon ik antwoorden?

'Ik zou geen contact meer met hem willen hebben, als ik jou was. Hij sleept je mee de diepte in, wie weet is hij nog steeds verslaafd en dealt hij wel. *He's trouble*,' besloot Ruben.

'Ruben, hou op… ik wil er niet meer over praten, oké?' zei ik schor. Ik ontweek zijn ogen en keek naar het tafelkleed. Wit, geborduurd met slingers van kleine kleurige bloemetjes. Ik liet mijn vingers over de zijden borduursteken glijden. Zacht. Lief.

Ruben schoof zijn stoel achteruit, stond op en liep naar de deur: 'Je moet het zelf weten. Ik ga mijn koffer inpakken, darling. Zie ik je zo, oké? We hebben nog een halfuur en dan komt het busje.'

Ik bleef als verdoofd aan de tafel zitten. De thee werd koud, ik was koud. Klopten de verhalen van Ruben? Ik kon het me amper voorstellen. Eve was zo dol op Max, ze had respect voor hem, dat kon ik aan alles merken. En Max zelf was weliswaar wat ontoegankelijk maar hij kwam op mij zeker niet verslaafd of misdadig over. Ik rechtte mijn schouders en nam een beslissing. Ik besloot Ruben niet te geloven. Ik wilde Max vertrouwen, zijn eigen verhaal horen als het zover is. Ik zou hem zelf vragen naar de oorzaak van de dood van Gloria. Ik stond op, liet de brief staan en sloot de eetkamerdeur achter me.

Een uur later reed ons busje de veerboot op. Ik ging Ruben zoveel mogelijk uit de weg en volgde Lizzy naar het dek. Samen zagen we de krijtrotsen van Dover verdwijnen in de verte. De gesluierde bruiden, zo noemde Ruben ze bij aankomst Ze deden me nu vooral denken aan ijsbergen. Koud en kaal, onder een donker dreigend wolkendek. Max raakte steeds verder bij me vandaan. Tranen prikten in mijn ogen. Toen we een flink stuk uit de kust waren, begon de zon te schijnen. Lizzy zei vrolijk: 'Laten we het er nog even lekker van nemen en bruinbakken.'
We zochten twee dekstoelen op en sloten onze ogen. De zon straalde op mijn huid maar de warmte bereikte mijn binnenste niet. Ik liet Max achter.

De meeuwen riepen en dansten boven het dek toen we om 13.00 uur aanlegden in Duinkerken.
'Opstaan, schone slaapster,' zei Lizzy naast me.
We kwamen overeind uit onze stoelen en gingen aan de reling staan. Lizzy gaf me een wit broodje zodat ik de meeuwen kon voeren. Ik gooide stukjes in de lucht. De hongerige meeuwen vingen ze uit de lucht, als honden die apporteerden. Een meeuw was zo gulzig dat hij het laatste restje brood uit mijn vingers pikte. Ik schrok

ervan en trok mijn hand terug. De meeuw vloog over mijn hoofd weg, richting het achterdek, ik keek hem na. Mijn blik dwaalde af en viel op een jongeman. De zon glom op zijn kale schedel. Hij stond bij de deur naar het benedendek. Hij keek me een seconde aan en dook toen weg, de trap af. Maar ik had hem herkend. Tenminste, ik dacht het. Mijn hart bonsde en ik greep me met beide handen stevig vast aan de ijzeren stangen voor me. Ik voelde het bloed in een warme golf naar mijn hoofd stijgen. Was hij het wel of niet? Ik wist bijna zeker dat hij het was. Waarom reageerde mijn lichaam anders zo heftig? Wat deed Joey op deze boot? Moest ik hem achterna gaan? Was ik op de wc in de dansclub nog verlamd geweest door angst, nu werd ik gevoed door een woede die me tot handelen aanzette. Ik liet me door die idioot niet meer op mijn kop zitten. Maar in mijn eentje op oorlogspad gaan, leek me niet verstandig. En ik wilde Lizzy niet betrekken in deze toestand. Ik moest Ruben waarschuwen.

Lizzy en ik daalden de trap af naar het dek waar ons busje geparkeerd stond. Ik had steeds de neiging achterom te kijken. Ik liep stoerder dan normaal, merkte ik, ik maakte me groter en breder dan ik was, zoals sommige dieren doen als ze zich bedreigd voelen. Ruben, waar was Ruben? We stapten in, ik zag Ruben niet.
Ik draaide me om naar Lizzy en zei: ‘Ik hou een plekje naast me vrij voor Ruben, oké? En laten we snel afspreken. Dan kom ik naar je toe.’

Ze knikte. We hadden onze mobiele nummers al uitgewisseld want het klikte tussen ons. We zoenden elkaar hartelijk en Lizzy wandelde door naar achteren. Ze plofte, met een vette knipoog naar mij, naast de irritante lange Amsterdamse student neer. Het Amsterdammertje, noemden we hem. Benjamin stapte de bus in en tuurde rond. 'Zijn we er allemaal?' vroeg hij.
'Nee,' riep ik, 'Ruben is er nog niet.'
'Ja, inderdaad… heeft iemand Ruben gezien aan dek?' vroeg Benjamin.
Niemand antwoordde.
De chauffeur wees naar voren: 'Het ruim gaat zo open, dan moeten we rijden.'
Benjamin zuchtte: 'Nou ja, hij zal nog wel komen. En anders wachten we op de kade,' besloot hij.
'Daar is hij, geloof ik. Ja, ik zie hem rennen! Net op tijd,' zei de chauffeur. Hij opende de deur en Ruben kwam binnenstormen. Hij hijgde zwaar en keek gejaagd door de cabine. Ik wenkte hem om naast me te komen zitten. Buiten adem en met een verhit gezicht liet hij zich naast me neervallen.
'Waar bleef je?' vroeg ik.
'Ik zat op de wc… diarree. Ik had niet in de gaten dat we al aangelegd hadden,' antwoordde hij.
'Van wat ik je nu ga zeggen, krijg je vast spontaan opnieuw darmkrampen,' zei ik.
'Vertel op,' commandeerde hij. Zijn ademhaling kalmeerde.
'Ik zag Joey op de boot,' fluisterde ik. Ik durfde zijn

naam amper hardop uit te spreken, alsof ik daarmee een kwade geest in een fles zou wekken.
'Meen je dat? Shit,' siste Ruben.
'Ja, zeg dat wel,' zei ik. Eindelijk waren we het weer een keer eens.
'Shit,' vloekte Ruben weer.
Ik knikte instemmend.
Hij staarde langs me heen naar buiten. Zijn nagels waren afgekloven, dat was me nog niet eerder opgevallen. Hij keerde zich naar me toe en zei resoluut: 'Darling, ik denk dat je je vergist. Want volgens jouw laatste berichten zat hij toch op het politiebureau? Nou, laten we daar gewoon van uitgaan. Maar voor de zekerheid breng ik je wel naar huis, oké?'
'Nee joh, dat is veel te ver om voor jou. Onze boerderij ligt in *the middle of nowhere*. De Brabantse Peel, dat kan ik je niet aandoen.'
'Wat? Ga je helemaal naar de boerderij terug? Ik dacht dat je naar je kamer wilde gaan?'
'Nee, ik moet naar huis. En dan trein ik morgen door naar Frankrijk, mijn ouders achterna. Dat heb ik je toch verteld?'
Mijn huis. Opeens besefte ik dat ik daar alleen thuis zou zijn. Moederziel alleen op een afgelegen boerderij. Mijn ouders waren al vertrokken naar Frankrijk. Ik had hen nog niet eens verteld over gisteravond. Wilde ik wel alleen thuis zijn? Ik kreeg nu toch een beetje de bibbers bij de gedachte. Zoveel meegemaakt en dan alleen op de boerderij? Nee, ik wilde praten, praten en

nog eens praten met mijn vriendinnen. Over Londen en de Academy, over Max, over de vechtpartij en dan weer over Max. Ik kon Marieke bellen en vragen of ze bij me wilde komen logeren vannacht. Die woonde maar een dorpje verderop. Ja, ik ging thuis mijn spullen uitpakken, douchen en dan direct Marieke bellen, nam ik me voor. Dat idee gaf me rust.

Ons busje stopte precies om 14.35 uur – zag ik op de grote stationsklok – op een parkeerstrook voor het Centraal Station Breda. Links wachtte een colonne taxi's op passagiers. Aan de andere kant van de strook kwam een ronkende bus aanrijden, die parkeerde bij een van de vijf haltes. Geen classy taxi's en knalrode dubbeldekkers meer, dacht ik met weemoed. Ruben en ik stapten uit, terwijl we afscheid namen van onze reisgenoten. Zij gingen door naar Arnhem en Amsterdam. Naast de bus wachtten we totdat de chauffeur onze bagage uit de laadruimte had gehaald. Plotseling gaf Ruben me een harde por tegen mijn schouder en siste: 'Tess, kijk, je had gelijk ... Joey!' Hij wees naar de taxistandplaats.
Ik zag geen Joey. 'Waar dan?' vroeg ik opgewonden.
'Ik zag hem voorbij rijden, hij zit in die laatste taxi. Hij keek naar ons,' ratelde Ruben nerveus.
'Zou hij ons dan echt volgen?' vroeg ik hem. Mijn maag draaide zich om.
'Daar lijkt het wel op.'
'Maar waarom in godsnaam?'

Ruben aarzelde een seconde en zei toen: 'Ik zou het niet weten...'
De chauffeur zette mijn reistas en de kingsize koffer van Ruben met een plof voor onze voeten neer. Hij schudde onze handen en stapte snel weer in. Het busje startte. Ruben en ik gunden onszelf bijna geen tijd om naar onze studiegenoten te zwaaien, steeds hielden we een zijwaartse blik gericht op de taxi's. Joey was nog niet uitgestapt.
'Tess, het lijkt me echt beter als je nu niet alleen naar de boerderij gaat. Kom eerst maar mee naar mijn huis, dan overleggen we daar. We pakken lijn 3 of 9,' zei Ruben gejaagd. Hij greep zijn koffer beet en trok me aan mijn mouw mee naar de bushalte. De bus die ik had zien aankomen, sloot zijn deur en wilde net vertrekken. Er stond een 9 op het scherm boven de voorruit. Ruben ging voor de bus staan en zwaaide wild. De chauffeur knikte en opende de deur weer. 'Waar is de grote brand?' vroeg hij, met een zachte g en een grijns. Ruben schoof zijn koffer naar binnen en sprong de treden op. Ik volgde hem haastig, mijn reistas botsend tegen mijn benen. De deur sloot achter me en ik keek om. Nog steeds geen Joey te zien. Maar betekende dat ook dat hij mij niet had gezien?

17

Errol

5 Juli

Errol zat op de bedrand en probeerde zijn schoenen te strikken. ‘Geen sinecure,’ mompelde hij, ‘als je zo volslank bent.’ Maar het moest. Hij kon onmogelijk blootsvoets bij een uitzendbureau aankomen. Hij moest bovendien opschieten – hij was laat wakker geworden – het liep al tegen drie uur. Juist toen hij de veters van zijn rechterschoen te pakken had, hoorde hij stemmen. De buitencamera registreerde twee figuren die haastig naderden over de oprijlaan. Droog stof stoof op achter hun voeten. Ze liepen bijna in draf. Hij herkende Ruben, de jonge vrouw kende hij niet. Ze arriveerden bij de voordeur.

‘Mooi huis. Groot. Zal wel een fortuin kosten om zo’n vrijstaande villa te hebben en onderhouden,’ merkte het meisje op.

'De eigenaar is een gesjeesde acteur zonder werk, hij verhuurt kamers. Je kunt gerust blijven logeren, darling, als je wilt,' hoorde hij Ruben zeggen.
Errol schoot overeind in zijn stoel en klemde zijn handen om de leuningen. Dit leek te mooi om waar te zijn! Was het ook te mooi om waar te zijn? Zou ze blijven?
'Misschien voor een nachtje, Ruben. Dan vertrek ik,' antwoordde het meisje.
'Zou je dat wel doen? Stel dat Joey ons volgt... dan breng je ook je familie in gevaar,' reageerde Ruben.
Het meisje mompelde iets onverstaanbaars.
'We hebben het er zo nog wel over,' zei Ruben.
Ja, het leek erop dat ze zou blijven, dacht Errol opgetogen. Dit was het personage waar hij zo naar verlangd had. Zoals hij Chinese afhaalmaaltijden of pizza's kon begeren, zo watertandde hij nu bij het zien van deze jonge vrouw. Ze leek licht te geven, met haar koperblonde lokken en glanzende groene ogen. Ze droeg een kort spijkerrokje en een oranje T-shirt met een diepe V-hals. De zon omkranste haar, leek haar te willen inlijsten, als het frame van de camera. Ze deed hem denken aan een madonna, met haar bleke ronde vormen, haar volle roze mond. Errols tong streelde zijn lippen, zijn mond vulde zich met slijm. Hij wilde haar proeven, haar vastleggen, haar kleuren mengen op zijn palet, haar tot zijn persoonlijke muze maken. Hij zag hoe ze achter Ruben aan de drie treden naar de voordeur opliep. Ze droeg een reistas en een canvas schoudertas hing over haar borst.

'Hier ben je veilig, dit is mijn huis,' hoorde hij Ruben zeggen toen hij haar binnenliet.
Jouw huis? Ik dacht het niet. Mijn huis zul je bedoelen, pedante kwast. Je krijgt er onderdak, je mag er een kamer gebruiken, met mijn permissie verblijf je hier of vertrek je, als je dat maar weet, dacht Errol. Hij zou willen dat het meisje hier woonde... Hoe kon hij haar laten blijven? Zou hij haar een kamer kunnen aanbieden tegen weinig huur?
'Wie wonen hier nog meer?' vroeg Tess.
'Een rechtenballetje, Hugo. Lijkbleek en bloedserieus. Een verpleegster die luistert naar de exotische naam Fatima. En een kunstacademiestudent, Daniel. Allemaal met vakantie nu. En dan zijn er nog twee kamers die leeg staan, die naast mij ook. Dus mocht je wat langer willen blijven, ruimte genoeg.'

Errol hoorde de voordeur dichtslaan en de voetstappen door de betegelde hal. Rubens kamer bevond zich op de begane grond, precies boven zijn souterrain. Errol zou alles kunnen volgen wat er gebeurde. Net boven zijn hoofd, het was als de hemel. Geweldig. Errol wreef in zijn handen, soms vergat hij even hoe dik zijn vingers waren. Hij moest ze maximaal spreiden om ze tussen elkaar te kunnen schuiven. Mocht hij het willen, dan had hij amper nog kunnen bidden, het vet rond zijn kootjes zat in de weg. Zijn gebeden werden sowieso zelden verhoord. Maar vandaag leek daar verandering in te komen. Errol schopte zijn schoenen uit en ging achter zijn bureau zitten.

'Welkom, Tess,' zei Ruben.
'Ja, welkom Tess,' mompelde Errol. Ze heet dus Tess. De naam van een ster, dacht hij opgetogen. Hoeveel mooier kon het nog worden!
'Wat een... rustige kamer heb je, Ruben. Je hebt er niks overbodigs in staan, hè?'
'Ja, het is maximaal minimalistisch ingericht. Als je blijft, slaap ik wel op de bank. We moeten wel zorgen dat mijn huisbaas je niet in de gaten heeft. Beetje een rare, moddervet. Ik heb hem sinds ik hier woon maar één keer gezien. Het is een wonder dat zijn benen hem nog kunnen dragen. Hij woont in het souterrain maar de kans dat je hem tegenkomt is dus minimaal,' vertelde Ruben.
Zo zo, behoorlijk wat praatjes had dat miezerige mannetje. Hij zou het Ruben nog wel betaald zetten. Ongelooflijk, wat een dialoog er ontstond, wat een deining. Errol voelde zich als een kapitein op een schip, hij aan het roer, de koers bepalend.
'Is het echt niet te veel gedoe als ik een nachtje blijf?' vroeg Tess.
Haar stem klonk als een windorgel, zo harmonieus en zuiver.
'Welnee, darling, geen probleem. Zet je spulletjes maar neer,' zei Ruben.
'Als ik niet naar de boerderij ga, moet ik wel wat kleren wassen. Anders heb ik bijna niks schoons voor in Frankrijk,' antwoordde Tess.
'We kunnen je kleren hier wassen, zal ik je zo de badkamer wijzen?' bood Ruben aan.

'Ja, graag. Bah, ik ben trillerig, ik voel me net een vluchteling. Ik kan verdorie niet eens naar mijn eigen huis...'
Tess zette haar reistas op de tafel, ritste hem open en haalde er een plastic tasje met vuile kleding uit. Haar bewegingen waren soepel.
Ruben gaat op de bank zitten, sloeg zijn ene been over het andere, kuchte en zei toen: 'Ik wil je niet nog banger maken, maar misschien hebben we te maken met het criminele circuit. Het lijkt me echt veiliger om even uit beeld te blijven totdat we weten wat er aan de hand is. Misschien zit Max er wel achter...'
Tess draaide zich in een pirouette om haar as. 'Hoezo dat nou weer? Max is amper uit het ziekenhuis! Hoe kom je erbij?' riep ze uit.
O heerlijk, die dramatiek, dacht Errol. Ze nam blijkbaar geen blad voor de mond. Zij leek een vrouw die spontaan uit wat ze voelt en denkt. Een lotje uit de loterij.
'Nou, je zag hoe Max tekeer kan gaan. Hij is dus nogal agressief, dat hebben we zelf meegemaakt. Misschien chanteert hij Joey wel, heeft hij hem opdracht gegeven ons te volgen, je weet nooit waar zo'n drugsbende toe in staat is...' verweerde Ruben zich.
'Doe niet zo paranoïde, idioot! Je ziet ze vliegen. Max zou nooit zomaar iemand slaan, dat weet ik zeker. En hij hoort absoluut niet bij een drugsbende! En waarom zou hij ons laten volgen? Dat is zo onlogisch als wat. Ik vind dat we de politie moeten inschakelen. Laat die maar uitzoeken wat Joey hier moet,' zei Tess ferm.

Wat een wild katje, ze noemde Ruben idioot, gelijk had ze!
'Wat wil je de politie zeggen, dan? Waarvan wil je aangifte doen... wat valt er aan te geven? Niets concreets. Joey die op dezelfde boot zit als wij; wat bewijst dat? Ze zullen vragen of het misschien je verbeelding was... of toeval? We weten niet wat hij wil, Tess, misschien wel niets...'
'Ja hallooo! Die Joey slaat meisjes, hij heeft ons bedreigd, hij vertelt allerlei wilde verhalen over ons. Wij hebben hem aangegeven bij de politie. Ze hebben hem vrijgelaten, de sukkels, Joost weet waarom. Misschien komt hij nu wel wraak nemen omdat we hem beschuldigd hebben en wil hij ons de mond snoeren, weet ik veel?! En ik ben niet gek, hoor. Ik zag Joey op de boot en jij zag hem in die taxi, dat zeg je zelf. Hij volgt ons, dat lijkt me duidelijk. En jij noemt dat allemaal niets?!' riep Tess verontwaardigd.
'Tess, de politie heeft feiten nodig voordat ze iets kunnen doen. Laten we het gewoon nog even aanzien en afwachten, oké? Ik begrijp dat je *upset* bent, maar hier is het veilig,' zei Ruben sussend.
'Ik moet mijn ouders nog bellen. Moet ik nu zeggen dat ik wel of niet naar ze toe kom? Stel dat die griezel me achtervolgt tot in Frankrijk. Verdorie, ik snap het niet. Wat moet die Joey van ons?!' zei Tess heftig.
Wat een emotie in haar stem. Errol leunde achterover in zijn stoel en sloot genietend zijn ogen. Ze werden gevolgd, ze werden bedreigd! Het avontuur werd op een

presenteerblaadje zijn huis binnengebracht. Hij had op het punt gestaan hulp van buiten in te schakelen, maar dat hoeft niet meer. Een uitzendbureau was niet meer nodig, hij had zijn actrice. En hij kreeg er onverwachts een plot bij cadeau. Hij had nu alles in huis om een succes van zijn project te kunnen maken. Errol ademde diep in en zijn bolle maag zwol nog verder op. Tess, Ruben, Joey en Max; wat zouden ze hem brengen?
'Ja, bel ze gerust maar vertel hun dan niet waar je bent. Wie weet word je afgeluisterd. Ik heb geen idee hoe dat werkt en wat er mogelijk is. Criminelen weten natuurlijk alles van afluisterpraktijken,' waarschuwde Ruben.
En zij niet alleen, dacht Errol en hij grinnikte zacht.
Tess pakte het plastic tasje beet en zei: 'Goed, dan wachten we het nog even af. Erover blijven malen heeft geen zin. Hij zal ons hier in ieder geval niet vinden. Waar kan ik de was doen?' vroeg Tess praktisch.
'Boven, de trap op, eerste deur links. In de badkamer staat de wasmachine en een droogrek.'
Rubens mobiel barstte plotseling uit in een drumsolo. Tess' schouders schokten van schrik. Idiote ringtone, dacht Errol.
Ruben viste het toestel uit zijn broekzak.
'Hoi.' Het was even stil. Toen stotterde Ruben: '*Hello... yes... no... wait.*'
Tess verstarde in haar beweging. Ze liet het tasje uit haar handen vallen en staarde strak naar Ruben.
Hij wierp een korte blik op Tess, liep naar de deur en ging de gang in. Hij sloot de kamerdeur achter zich.

Errol trok een wenkbrauw op toen hij hoorde dat het gesprek werd voortgezet in het Engels.
'Waarom ben je in Nederland?' vroeg Ruben kortaf. Hij luisterde en schudde zijn hoofd. 'Nee, we hebben het echt niet gezien,' antwoordde hij en zweeg. Toen schudde hij wild zijn hoofd en riep uit: 'Nee! Kom niet naar mijn huis!' Ruben zweeg weer even en antwoordde toen in rap Engels: 'Ik kan er niets aan doen dat je me niet gelooft. Ga terug naar Londen en laat ons met rust.'
Errol zag hoe Tess voorzichtig de deur opende. Ruben draaide zich naar haar om en knikte geruststellend. Hij maakte een eind aan het gesprek met een haastig '*goodbye*'.
'Wie was dat?' vroeg ze. Een frons trok een diepe rimpel tussen haar wenkbrauwen.
'Dat was de vriend van Max uit Londen, weet je wel, die blonde. David. Hij wil over een paar weken naar Amsterdam komen. En hij zei dat het goed ging met Max. Dat vind je vast fijn om te horen,' zei Ruben.
Tess knikte en vroeg toen: 'Waarom belt die David jou eigenlijk om te vertellen dat hij komt? Heeft hij een oogje op je of zo?'
Ruben glimlachte en antwoordde: 'Ik zei je in Engeland toch al dat het mijn type is? Ik ben ook het zijne.'
Tess knikte en zei: 'Leuk voor je. Kom, dan gaan we mijn wasje doen. Ik begrijp nooit iets van die machines, dus help me, please.'
Ruben volgde Tess, de trap op naar boven.
Errol vroeg zich af wie die Max was. Intrigerend type.

En hij vroeg zich vooral af waarom Ruben loog. En het gemak waarmee hij loog, beloofde nog wat. Dit was geen gesprek met een vriend. Ruben leek eerder gespannen dan op zijn gemak. Wat hield Ruben voor Tess verborgen? Errol kwam er nog wel achter. Voor hem zouden er straks geen geheimen meer zijn. De werkelijkheid ontvouwde zich vanzelf. Als mensen zich onbespied waanden, gaven ze zichzelf helemaal bloot. Ja, geniaal idee: hij moest Ruben en Tess het idee geven dat er niemand in huis was behalve zij twee.

'Wat doen we nu?' vroeg Tess. Ze hadden haar vuile kleren in de wasmachine gestopt. Daarna had ze haar ouders gebeld en verteld dat ze een dagje later afreist naar Frankrijk omdat ze eerst haar vriendinnen even wilde zien, hoorde Errol haar zeggen aan de telefoon. Ze loog al bijna net zo makkelijk als Ruben, dacht Errol, maar had er wel veel meer gewetenswroeging door.
'Ik haat dit!' riep ze uit toen ze haar mobiel op tafel legde, 'liegen vind ik zo slap!'
'Wat wil je dan? Ze de stuipen op het lijf jagen, darling? Daarmee zou je hun vakantie verpesten,' reageerde Ruben. Hij lag languit op de bank, zijn hoofd steunde op een kussen. Zijn ogen waren gesloten.
'Je hebt gelijk. O, ik word gek van dat gedwongen binnen zitten,' zei ze en ze begon rusteloos door de kamer heen en weer te lopen.
Ze had een elegante pas, zag Errol.
'Als Joey ons echt achtervolgt, geeft hij niet zomaar op.

We moeten ons even gedeisd houden. Het is bijna zes uur, ik heb honger, jij dan?' polste Ruben.
'Ja, best wel. Hoe komen we aan eten?' reageerde Tess, terwijl ze een pirouette maakte.
Prachtig, wat een souplesse, dacht Errol.
'We kunnen een pizzakoerier bellen. Naar buiten gaan lijkt me niet verstandig, ik ben niet gerust op Joey, snap je,' zei Ruben terwijl hij opkeek.
'Hoe zou Joey ons moeten vinden? We zaten in die bus voordat hij het in de gaten had, hij is ons kwijt. Als hij morgen nog niet is verschenen, dan ga ik gewoon naar Frankrijk, hoor. Beloof je dat je me dan laat gaan zonder te stressen?' vroeg Tess.
Ruben knikte gedwee, liet zijn hoofd weer op het kussen zakken en zei: 'Ik heb een beetje hoofdpijn, zal wel van de honger komen. Darling, wil jij even in het telefoonboek het nummer van de pizzeria opzoeken? Op de keukentafel. Ik wil graag een pizza calzone. Bezorgen bij de Parklaan 18. Wil je ook wat borden pakken en zo?' Ruben sloot zijn ogen weer.
'*Sure*, ik regel het wel. Blijf jij maar liggen, doe maar even een dutje. Ik ga naar de keuken,' zei Tess en ze pakte haar mobiel. Zodra Ruben de kamerdeur achter haar hoorde dichtvallen, sprong hij overeind van de bank. Hij haastte zich naar de tafel en keek in de reistas van Tess. Hij liet zijn handen door de tas gaan, tuurde erin en schudde toen zijn hoofd. Hij liep bij de tafel weg en keek om zich heen. Toen dook hij, achter de bank, naar beneden en tilde met een zacht 'yes' de hand-

tas van Tess op. Hij zette de tas op de bank en begon erin te rommelen. Hij vloekte zacht en keerde de tas ondersteboven. De inhoud viel op de bank. Ruben keek en streek ongedurig door zijn haren. Hij vloekte weer. Errol volgde Ruben geboeid.

'Shit! Shit! Waar kan het zijn?' mompelde Ruben. Hij keek schichtig naar de deur, graaide de spulletjes bij elkaar en propte ze in de handtas. Hij zette de tas op de grond terug.

Toen liet hij zich weer op de bank neervallen. Hij greep met zijn vingers naar zijn hoofd en kreunde: 'Ik moet het hebben.'

18

Tess

5 Juli

De voordeurbel ging. Ik liep de keuken uit, door de hal en ik legde mijn hand op de deurknop. Heel even weifelde ik. Kon het Joey zijn? Nee, natuurlijk niet! Ik overwon mijn angst en deed open. Een gehelmde jongen gaf me twee grote platte dozen aan. De geur van warm karton drong mijn neus binnen. Ik gaf de jongen vijftien euro en sloot de deur achter hem.

Ik bleef even staan en schudde mijn hoofd. Wie weet zat Joey alweer lang en breed in Londen en maakten we ons zorgen om niets. Neuroot die ik was. Ik ging met de dozen de kamer van Ruben binnen en zette ze op tafel. Ruben lag op de bank. Had hij nog hoofdpijn?

'Ik haal nog even de borden, glazen en het bestek. Wat wil je drinken?' vroeg ik.

'Cola. Er staat een fles in de koelkast,' antwoordde Ruben.
'Oké, zo terug,' zei ik.
Hij knikte, kwam moeizaam overeind en rekte zich uit.
Ik liet mijn mobiel in mijn handtas vallen en liep naar de keuken.
'Het eten is klaar,' zei ik toen ik de tafel had gedekt.
Wat zou Eve vandaag gekookt hebben? Zouden zij en Max nu ook eten? Wanneer zou Max bellen?
Ruben stond op van de bank en kwam naar de tafel toe.
Net toen we zaten, werd er op de deur geklopt. Ruben keek me met grote schrikogen aan. Toen sprong hij overeind alsof hij een elektrische schok kreeg. Hij struikelde half over zijn voeten terwijl hij naar de deur snelde.
'Joh, relax,' zei ik.
Ruben opende de deur op een kier en deed hem toen wijd open. Er stond een man in de deuropening. Zonder dat hij zich voorstelde, wist ik al dat het de huisbaas van Ruben was. Dat kon niet missen. Hij vulde met zijn lichaam bijna de hele breedte van de deuropening. De man droeg een beige broek die deed denken aan een canvas tent en zijn blouse hing om hem heen als een vuilniszak. Rond de oksels cirkelden donkere zweetplekken. Zijn bruine haren hingen slap en vet langs zijn kleurloze kwabbige wangen. Zijn gezicht leek op een reusachtige champignon.
Hij schraapte zijn keel alsof hij zijn stem al lang niet

had gebruikt en zei: 'Goedenavond samen. Ik zie dat ik jullie stoor bij het eten, sorry, ik zal het kort houden.' Zijn stem was een aangename verrassing. Die klonk alsof hij bij een ander lijf hoorde. Sterk en warm, resonerend in de ruimte. Na elk woord pauzeerde de man een moment; het was alsof hij een stuk tekst voordroeg of het journaal voorlas.
'Ik ben een weekje weg, ik vertrek zo. Dan weet je dat, Ruben.' Hij keek langs de schouder van Ruben vragend mijn kant op.
'Ja, oké, prima. Ik had u al willen zeggen dat ik bezoek heb. Tess is een studiegenote en ze blijft vannacht logeren, is dat akkoord?' reageerde Ruben.
De man maakte een kleine buiging in mijn richting. Even was ik bang dat zijn gewicht hem uit balans zou trekken, maar hij bewoog zich eleganter dan je zou verwachten bij zo'n gigantische omvang.
'Een zo charmante jongedame is hier altijd welkom. Ik ben Errol, Rubens huisbaas. Mocht je zelf nog een kamer zoeken of iemand anders kennen die woonruimte zoekt, Tess, ik heb momenteel twee kamers vrij. Comfortabel, centraal gelegen, rustig en ruim en toch goedkoop. Ik wil jullie studenten geen poot uitdraaien. Tweehonderd euro voor dertig vierkante meter. Met gebruik van een keuken, badkamer en tuin,' zei hij.
'Ik heb al een kamer, dank u,' antwoordde ik.
'En bevalt die goed?' informeerde Errol.
'Nou... er is wel wat geluidsoverlast. Ik woon namelijk boven een kroeg in het centrum,' legde ik uit.

‘De kamers zijn niet afgesloten. Neem er gerust een kijkje, als je wilt. Ik hoor het wel als je belangstelling hebt,’ zei Errol vriendelijk.
‘Dank u, misschien doe ik dat wel,’ antwoordde ik. Terwijl ik met hem praatte, vergat ik hoe wanstaltig hij eruitzag. Zijn stem had een bijna hypnotiserend effect.
‘Smakelijke voortzetting en tot ziens,’ zei hij ten afscheid en hij knikte me toe.
‘Fijne vakantie,’ zei ik.

Ruben sloot de deur en ging weer tegenover me zitten. We openden onze dozen en pakten ieder een stuk pizza. Ik gebruikte mijn bord en bestek, Ruben niet.
‘Heb je ooit zo’n vetkees gezien?’ vroeg Ruben, terwijl hij zijn tanden in zijn pizza zette.
‘Nee, maar jij bent anders ook een kees, Ruben,’ antwoordde ik.
‘Hoezo?’ vroeg Ruben smakkend.
‘Een smeerkees, je shirt zit nu al onder de tomatensaus. Je lijkt wel een bebloede Romeo.’
‘Wat maakt het uit? Niemand die het ziet, we zijn helemaal alleen.’
‘Hoe zou je het eigenlijk vinden als ik je huisgenoot zou worden?’ vroeg ik.
‘Absoluut tof,’ antwoordde Ruben, ‘daar drinken we op.’ Hij tilde zijn glas op om met me te proosten.

Na het eten gingen we naast elkaar op de bank zitten en keken we televisie. Een klassieke maffiafilm die om

tien uur eindigde. Toen de aftiteling over het scherm rolde, stond ik op en strekte mijn stijve rug.
'Het lijkt wel of ze in televisieland ook aan vintage doen. Ik ga mijn wasje ophangen en daarna slapen, jij ook?' vroeg ik met een gaap.
Ruben knikte. 'Over vintage gesproken, darling, waar is eigenlijk dat schattige tasje van je?' vroeg hij.
'In mijn reistas. Ik heb mijn make-upspullen erin gedaan, het leek me leuk om het te gebruiken als tuttasje. Superleuk, kijk maar.' Ik liep naar de reistas en zocht tussen de schone kleren naar het fluwelen tasje. Ik woelde tussen de shirtjes en handdoeken, maar vond niks. En opeens zag ik het voor me. Ik herinnerde me hoe ik vanochtend vroeg in de badkamer de mascara en oogschaduw in het fluwelen tasje deed en het links van de wastafel op een plank neerzette. Toen had ik mijn tanden gepoetst. Ik nam mijn toilettas mee van de badkamer naar de slaapkamer. En het fluwelen tasje was ik daarna vergeten. En daar stond het nu nog. In Londen. Ik draaide me om en keek Ruben aan. 'Da's stom... ik heb het tasje per ongeluk achtergelaten in Engeland,' zei ik.
'Wát heb je gedaan?' riep Ruben uit.
Ik keek hem aan en zei: 'Ik heb het vanochtend in de badkamer laten staan, vergeten mee te nemen.'
Ruben riep 'shit!' en stond zo bruusk op dat de bank een stukje achteruit schoof over de houten vloer. Zijn heftige reactie verbaasde me.
'Wat is er?' vroeg ik.

Hij liep voor de bank heen en weer en stond toen recht voor me stil. Hij leek even te aarzelen en zei toen: 'Ik heb dat tasje nodig, Tess.'
'Waarom?'
Hij boog zich naar me toe totdat zijn gezicht op mijn ooghoogte kwam. Ik zag dat zijn voorhoofd vochtig was en zijn handen klauwden in elkaar, alsof hij ze amper in bedwang kon houden. Toen zei hij nadrukkelijk, alsof hij het tegen een kleuter had: 'Er zit coke in, stomme trut. Daarom.' Zijn handen hielden elkaar niet langer vast en ze strekten zich uit naar mijn keel. Ik voelde hoe zijn vingers zich om mijn hals sloten. Ik kon geen geluid uitbrengen, mijn keel werd dichtgesnoerd. Ik reageerde niet omdat ik totaal verbijsterd was. Eventjes. Toen klemde ik mijn vingers rond zijn polsen en trok ze met alle kracht los van mijn hals. Ik kerfde mijn nagels diep in zijn vlees en schreeuwde: 'Ben je helemaal gek geworden? Waag het niet me nog eens aan te raken!' Ik gaf hem een harde duw en hij struikelde achterover. Toen rende ik naar de tafel en greep het ongebruikte mes dat naast Rubens bord lag. Ik liet me door niemand bedreigen! Niet door Joey en ook niet door Ruben.

'Wat mankeert je, verdomme!' riep ik uit. Ik stond met een gekromde rug bij de tafel, het mes in de aanslag. Ik kon wel janken. De hele wereld leek gek geworden. Ruben hoorde aardig voor me te zijn en me niet te willen wurgen. Hij was Ruben, mijn klasgenoot!

'O Tess, sorry, ik ging te ver... het spijt me, ik wil je geen pijn doen. Maar ik ben wanhopig...' bracht hij uit, terwijl hij naar me toe liep. Hij boog zijn hoofd. Meende hij wat hij zei? Ik vertrouwde hem niet meer.
'Doe toch niet zo raar! Hoezo zit er coke in mijn tasje, hoe kom je daarbij?' vroeg ik.
Mijn stem trilde. Toen voelde ik een vlaag van woede opkomen: 'Of heb jij het erin gestopt? Ruben?'
Hij aarzelde even en antwoordde toen: 'Weet je nog, gisteravond? Toen ik moest plassen na die vechtpartij? Ik vond een zakje coke op de vloer van de wc. Het lag half onder een deur...'
'Ja... en toen?' zei ik. Ik wilde het eigenlijk niet horen.
'Het is veel geld waard, Tess. Het is óf het geld óf mijn leven, mijn toekomst hangt ervanaf...'
'Klets niet zo stom! Je geld of je leven... wat bedoel je in godsnaam?'
'Ik moet bijverdienen om mijn studie en huur te kunnen betalen.'
'Hoe bedoel je? Je ouders zijn steenrijk, zei je!'
'O, je snapt het niet,' zei hij, 'ik word gek als ik niet kan acteren, dat is mijn houvast, mijn toekomst. Als je eens wist hoeveel moeite het mij heeft gekost om zover te komen...' Ruben barstte in snikken uit. Ik was verbijsterd. Ik legde het mes zonder te kijken terug op de tafel, het kletterde op het tafelblad. Mijn ogen waren strak op Ruben gericht.
'Waarom neem je dan niet gewoon een bijbaantje zoals iedereen? Je hoeft echt niet per se drugs te stelen

om je studie te kunnen bekostigen, hoor! Ik werk ook twee avonden in een kroeg, weet je! Ik geloof je niet! Wie kan er zo stom zijn om zo zijn geld te willen verdienen?'

'Sorry Tess, ik ben zo'n sukkel...' steunde hij.

'Ja, stop nou maar met huilen, dat hoeft niet,' zei ik. Ik voelde me onhandig, ik had geen zin om hem te troosten, maar voelde toch medelijden met hem. Het snikken stopte.

Opeens kreeg ik een vermoeden en ik voelde kippenvel opkomen. 'Is Joey soms bezig om die coke op te sporen? Heeft hij daarom dat meisje in elkaar geslagen? Om die coke? En denkt hij nu dat wij het hebben? Weet hij dat jij het hebt?' vroeg ik zacht, zonder pauzes. Ik keek hem strak aan en hij sloeg zijn ogen neer. Ik rilde en sloeg mijn armen om me heen. We stonden tegenover elkaar en zwegen. Ik kaarsrecht, hij met gebogen schouders.

'Waar zou Joey nu zijn?' vroeg ik.

Ruben haalde zijn schouders op. Hij keek naar de grond.

'Stomme oen! Nu hebben we de Britse drugsmaffia op onze nek omdat jij niet met je tengels van een zakje coke af kon blijven dat niet van jou is. Je bent een ordinaire domme dief! Ik ben dan misschien slordig en vergeet wel eens wat, maar jij bent een crimineel! Los je problemen zelf maar op!' viel ik tegen hem uit. 'Ik ga, ik ben weg! Ik heb hier niks mee te maken en wil er ook niks mee te maken hebben!'

'Nee, Tess, laat me niet alleen,' smeekte Ruben en hij greep mijn handen beet.
Zijn vingers voelden koud als een lijk. Het gaf me de kriebels. Ik had zin om hem een harde klap in zijn gezicht te geven, zodat hij zou stoppen met zijn gejammer. 'Hou op met dat gezeur, doe normaal!' snauwde ik en ik trok mijn handen uit de zijne.
Hij zuchtte diep, als een kind na een harde huilbui, en keek me toen met samengeknepen ogen aan. 'Je kunt beter hier blijven, Tess. Joey denkt vast dat jij er ook bij betrokken bent. Jij was ook op die wc, jij had de coke ook kunnen pakken. Dus of je wilt of niet, je zit in hetzelfde schuitje als ik,' zei Ruben. Het was bijna of hij plezier had in zijn gelijk en zijn opmerking voelde als chantage: hij dwong mijn aanwezigheid af als een jengelende peuter. Ik begon een steeds grotere hekel aan hem te krijgen. Ik besloot het nuchter en zakelijk aan te pakken want mijn woede alleen bracht me nergens anders dan hier, in deze kamer bij Ruben. En dat was iets waartegen alles in me in opstand kwam.
Ik keek Ruben kil aan en zei: 'Laten we liever een plan bedenken om Joey van ons af te schudden. We hebben zijn coke niet en dat moet hij weten.'
Ruben haalde opgelucht adem en knikte heftig.
'Kunnen we die Joey ergens bereiken?' vroeg ik.
'Hij belde me daarstraks... ik kan op de nummermelder kijken,' zei Ruben weifelend.
'Maar dat was toch David, die blonde vriend van Max, die belde? Of was dat gelogen?!'

Ruben knikte. Ik dacht even na. Er klopte iets niet.
'Hoe kan het eigenlijk dat Joey jouw nummer heeft?' vroeg ik toen.
Ruben ontweek mijn blik en gaf geen antwoord.
'Als je wilt dat ik bij je blijf en dat ik je help, zul je open kaart moeten spelen,' zei ik.
Mijn hart bonkte onrustig.
Ruben zweeg, draaide zijn rug naar me toe en liep naar het raam. Ik volgde hem met mijn ogen. Het was donker buiten. Pikzwart. Geen straatlantaarns. Het centrum was dichtbij maar het huis lag afgelegen, aan het einde van een oprit. De geluiden van de stad werden gedempt door de bosrijke tuin.
Het was stil. Doodstil.
'Vertel me de waarheid, Ruben,' zei ik tegen zijn rug.
Hij draaide zich naar me om en zei: 'De waarheid is zo relatief, zo subjectief ook. Mijn waarheid is anders dan de jouwe...'
'Ja, ja, dat kennen we wel. Dat is een uitspraak die vooral politici graag gebruiken. Zeg dan liever: mijn werkelijkheid of mijn beleving is anders dan de jouwe, want dat klopt! Maar waarheid is waarheid, je liegt of je liegt niet! Draai er niet omheen!'
Hij sloot zijn ogen even en antwoordde: 'Hoe minder je weet, hoe beter het is. Ik heb nooit eerder iets met coke te maken gehad. Wat nu gebeurt, had ik ook niet verwacht...' De woorden kwamen zonder aarzeling uit zijn mond. Ik geloofde hem.
'Vertel me meer... vertel dan tenminste wat je weet over

Joey. Moet ik bang zijn of niet? Want nu heb ik het gevoel dat we strijd leveren met een schim,' reageerde ik. 'En zou je de gordijnen dicht willen doen? Ik vind die donkere gaten niet zo prettig.'

Hij mompelde 'sorry' en sloot de blauwe gordijnen voor de drie hoge ramen. Toen hij de gordijnen voor het linkerraam dichttrok, begon hij te praten. Zijn stem klonk weer wat zelfverzekerder.

'Ik handel soms een beetje in drugs om bij te verdienen, dat is alles. Heel onschuldig, geen harddrugs, maar wiet. Ik heb overal contacten, vaak via via, iedereen kent elkaar in die kringen. Ook in Engeland. Ik had via wat mensen in de pub wel over Joey gehoord maar hem nog niet ontmoet. In de dansclub zag ik hem voor het eerst.'

'Ja, en dat was nog eens een prettige kennismaking! Wat een ploert, zeg! Hoe kun je in vredesnaam met dat soort types willen omgaan? Stomme sukkel! Waar is je verstand?!' viel ik uit.

'Je wilt dat ik de waarheid zeg, en dan begin je op me te schelden, dat is niet fair,' verweerde Ruben zich.

Hij had gelijk, maar ik was woest. Ik begon me nu ook iets anders af te vragen.

'En die coke stopte je dan zeker ook zonder erbij na te denken in mijn tasje?' vroeg ik scherp.

Hij keek naar de grond en zuchtte. Het begon me te dagen. Hij wilde de coke Engeland uit smokkelen en zichzelf buiten schot houden. Ja, zo zat het natuurlijk! Hij had mij willen gebruiken als koerier. Over dat soort dingen las en hoorde je wel eens, vooral in verband met landen waar je voor drugshandel levenslang de bak in draait. In gevangenissen die smerig, vol en gevaarlijk zijn. Welke straf zou er staan op cokesmokkel tussen Nederland en Engeland? En hoeveel was die coke in mijn handtasje eigenlijk waard? De vragen tuimelden door mijn hoofd.

'Ik... ja, ik wist niet zo goed hoe ik het aan moest pakken, Tess. Sorry...'

'Je moest je dood schamen!' riep ik uit. 'Je had mij er dus gewoon voor op laten draaien als ik opgepakt was met die coke? Hoeveel is die handel waard? Meer dan ik je waard ben, blijkbaar!'

Hij kreeg een blos en zei: 'Er zat voor ongeveer twintigduizend euro aan coke in je tasje, denk ik.'

'Wat!' riep ik uit. 'Geen wonder dat ze het terug willen hebben! En wat intens laag van je dat je mij als pakezeltje wilde gebruiken, bah!'

'Sorry, Tess, maar weet je, handel via het Kanaal is zo safe als wat. Het gebeurt dagelijks, echt, de controles stellen niks voor. Ik zou jou echt geen risico laten lopen, dat moet je geloven. Op elke schoolexcursie tussen Engeland en Nederland gaan er wel drugs mee, dat is eerder regel dan uitzondering, dat weet iedereen.' Hij gebaarde druk met zijn handen om zijn woorden te onderstrepen.

Ik luisterde verbijsterd. Was dat zijn verdediging? Omdat het zo easy was, het gewoon maar doen? Ik kon het bijna niet geloven... zou het echt zo makkelijk gaan? Ik

zag Rubens vingers trillen. Hij stopte zijn handen in zijn zakken en zei: 'Tess, ik wilde je echt geen kwaad doen. Geloof je me? En nu ga ik even roken, oké, even een cooling down?'
Ik knikte en Ruben liep gehaast de kamer uit. Als een stout kind dat na een standje zo snel mogelijk weg wilde. Ik dacht terug aan de passagiers op de veerboot. Er waren veel groepen jongeren aan boord. Zouden daar drugssmokkelaars bij zijn geweest?
Ik hoorde de voordeur opengaan. Ik schoof het gordijn voor het linkerraam een stukje open. Ruben stond bij de open voordeur. Hij stak een joint aan – ik herkende de witte toeter – en inhaleerde toen diep. De rookslierten dreven grijs de nacht in.
Was Ruben verslaafd? En hoe durfde hij eigenlijk te beweren dat Max niet te vertrouwen was? Hij was zelf de grootste leugenaar ooit. Daarmee zou ik hem zo eens keihard confronteren, tenminste, als hij na die joint nog helder genoeg was om te kunnen praten. En we moesten die vreselijke Joey zien te bereiken, zodat die wist dat we de coke niet hadden. Het was of ik in een derderangs politiethriller terecht was gekomen; ik kon bijna niet geloven dat dit echt gebeurde. Wat een absurde situatie... Ruben stal de coke maar had hem niet en Max had de coke zonder het te weten. En dat moest zo blijven. Als Max en ik elkaar weer spraken, zou ik vragen of hij het tasje had en voor me wilde bewaren. Ja... zo moest het gaan. Toen stokte mijn adem even. Als Ruben maar niet zo stom was dat hij tegen Joey zei

dat de coke bij Max was! Dan bracht hij Max en Eve in gevaar! Dat moest ik hem wel even heel duidelijk maken. Ik schoof het gordijn weer terug.
Ik besloot eerst de tafel af te ruimen en mijn wasje te drogen te hangen. Dan tanden poetsen, want dagelijkse routine gaf rust. Ik bracht de vaat naar de keuken en zette het in de afwasmachine. Ik riep in de hal in de richting van de voordeur: 'Ruben, ik ben even naar de badkamer.'
'Oké,' antwoordde hij.
Toen pakte ik mijn toilettas uit de reistas en liep de statige houten trap op naar de badkamer. De betegelde ruimte was ruim en schoon. Ik haalde de was uit de machine en hing het te drogen op het rekje. Een vredig en rustgevend gezicht. Er waren twee klassieke witporseleinen wastafels met grijsgemarmerde planchets. Ik plaatste mijn toilettas op de rechter planchet en keek in de brede spiegel die boven de beide wastafels hing. Wat een riante badkamer was dit vergeleken met mijn beschimmelde douchehok boven de kroeg. Zou je hier willen wonen, Tess? Ja, ik dacht het wel. Met Ruben als huisgenoot op de koop toe. De stommeling! Ik hoorde de voordeur luid dichtslaan.

19

Errol

6 Juli

De zes beeldschermen boven zijn bureau wierpen beurtelings licht door zijn kamer. Het leek er te bliksemen met nerveuze schichten. Errol had Tess met zijn ogen gevolgd naar boven. Hij observeerde hoe ze de was ophing aan het rekje, met sierlijke gebaren. Toen werd zijn aandacht getrokken door bewegingen in de tuin. Een gedaante naderde het huis. Ruben stond bij de voordeur te blowen en leek niets te merken. Errol grijnsde. Dit werd leuk. De man sloop door het struikgewas langs het gazon en bewoog in de schaduwen totdat hij vlakbij de voordeur was gekomen. Ruben stond nog steeds bij de voordeur te roken en zag de man niet naderen. Hij kwam door het struikgewas aan de zijkant van het gazon en sloop door de schaduwen totdat hij bij de voordeur was aangekomen. De man was gekleed in het zwart en droeg een kleine rugzak, zag Errol. Hij nam een sprong als een panter en belandde voor Ruben op de stoep. Die sperde zijn mond open om te schreeuwen, maar hij was te laat. De man legde een hand op Rubens lippen en in zijn andere hand ontdekte Errol een mes, die hij in de buik van Ruben priemde. Het was gebeurd in luttele seconden. Errol liet zijn tong genietend langs zijn lippen gaan. Dit moest Joey zijn. 'Welkom Joey,' fluisterde Errol. Avontuur klopte aan zijn deur, stond zomaar op zijn stoep. Errol kon zijn geluk niet op: dit was *reallifedrama* van hoog niveau, hier kon geen script tegenop. Hij kon zich de moeite van het schrijven verder besparen, de werkelijkheid overtrof sowieso alles wat verzonnen kon worden, hier was weer het bewijs. De camera's licpen, hij hoefde alleen maar achterover te leunen. Wat zou hij doen met het materiaal dat hij nu filmde? Als hij zijn carrière opnieuw tot leven wilde wekken, moest hij het goed aanpakken. De film op YouTube plaatsen? Verkopen aan een commerciële zender? Geld was niet zijn eerste motivatie, al had hij het broodnodig; het ging vooral om de erkenning. Hij was zelfs bereid het materiaal onder een pseudoniem beschikbaar te stellen. Maar dat was allemaal van latere zorg, nu moest hij het hoofd erbij houden. De drank kon hij beter even laten staan, want dit project vroeg opperste concentratie. Errol schoof de halfvolle fles whisky van zich af, totdat hij op de rand van het bureau stond, uit Errols directe zicht.

Ruben opende de voordeur en ging de hal binnen. De

man volgde hem en leek zich aan zijn rug te hebben vastgezogen als een slak. Een naaktslak wel te verstaan, want de man was kaal. Zijn spiegelgladde schedel blonk bleek in het harde licht van de hal.

De man gaf de voordeur een zet met zijn voet, waardoor hij met een zware dreun dichtviel. Toen liepen de twee mannen samen Rubens kamer in. Vanuit de badkamer boven klonk de stem van Tess. Ze zong een liedje uit *My fair lady*.

'Joey...' begon Ruben.

'Ga zitten en hou je kop, want anders...' dreigde de kale man in plat Engels. Hij sloot de kamerdeur, trok een stoel bij de eettafel vandaan en plaatste hem midden in de kamer. Toen gebaarde hij met het mes en snauwde: 'Zit!'

Ruben bleef staan.

'Wie zijn er verder in huis?' snauwde Joey.

'Niemand.'

'En die zingende meid die we hoorden dan?'

'O ja... da's Tess. Zij was ook in de nachtclub op de wc, weet je nog? Ze... logeert een nachtje bij me.'

Joey knikte en wees weer naar de stoel.

Ruben gehoorzaamde niet en zei met een schrille stem: 'Luister, we hebben je coke niet, dat heb ik je al gezegd aan de telefoon.'

Joey leek niet van plan naar Ruben te luisteren, hij leek eerder van plan hem de mond te snoeren. Hij beende naar Ruben toe en gaf hem zonder omhaal een stomp vol in zijn gezicht. Ruben gaf een kreet, wankelde en greep naar zijn hoofd. Tussen zijn vingers door sijpelde bloed

op zijn shirt en broek. Toen Ruben zijn handen weghaalde, zag Errol dat zijn lip gezwollen was en zijn rechter mondhoek gescheurd. Het was of Ruben een bloederig stuk rauw vlees in zijn mond had. Special effects zijn niet eens nodig, dacht Errol grinnikend, visagie evenmin. Die pedante kwast verdiende al langer een lesje. En nu had hij een geduchte tegenstander in Joey, net goed. Ruben lispelde op een huilerig toontje: 'Shit, man, waarom doe je dat?'
Joey zweeg en gebaarde weer met zijn mes naar de stoel. Hij zette zijn rugzak op de tafel, opende hem handig en haalde er een touw uit. Ruben ging ditmaal gedwee zitten, terwijl hij zijn ogen op de deur richtte. Tess kon elk moment binnenkomen.

Errol zag dat Tess op het punt stond de trap af te lopen. Zou hij haar waarschuwen en tegenhouden of haar in de slangenkuil werpen? Hij bepaalde op dit moment de loop van haar leven, haar lot… wat zou hij doen? Ingrijpen of niet? Errol schudde zijn hoofd, ze kon het aan, hij had alle vertrouwen in haar. En bovendien was ze zijn ster, zijn muze. Hij moest in het belang van zijn werk denken, hij was een kunstenaar. Dit was een buitenkansje, een *reallifemovie* van superieure waarachtigheid en intensiteit, met in de hoofdrol een topactrice. Ja, Tess moest haar rol krijgen, hij bewees haar daarmee juist een dienst. Deze ervaring maakte haar rijker, daar kon ze de rest van haar carrière uit putten. Van een onbezorgde jeugd werd niemand gelukkig, het wa-

ren juist de complicaties die mensen bewust maakten van hun geluk en van het feit dat ze leefden.
Tess kwam op slippertjes de badkamer uit; ze was nu gekleed in een vale grijze legging en flessengroen shirt met een boothals en lange mouwen. Het zal haar pyjama of zoiets zijn, dacht Errol. Haar vormen kwamen er mooi in uit. De stof volgde strak en zonder plooien haar lange armen en benen, ronde heupen en smalle taille. Errol bekeek Tess toen ze de treden afdaalde. Dat deed ze gracieus als een geisha, dacht Errol genietend, zo elegant zie je het maar zelden.

Tess opende de deur en stokte op de drempel. Binnen een paar seconden had ze zich omgedraaid, maar Joey was sneller. Hij greep haar rossige krullenbos beet en rukte haar achterwaarts de kamer in. Ze gilde: 'Ruben!'
Ruben verroerde zich niet. Zijn enkels waren vastgebonden met touw dat via de stoelleuning verbonden was met zijn polsen. Hij kon zich met geen mogelijkheid bewegen. Bloed kroop langzaam als dikke rode pieren over zijn kin en droop toen op zijn witte spijkerbroek. Drup, stip, drup, stip, neuriede Errol, een macabere compositie, perfect als achtergrondmuziek.
'Ik kan niks doen,' kreunde Ruben.
'Maar ik wel!' schreeuwde Tess. Terwijl Joey haar armen greep en haar tegen zijn borst klemde om haar in bedwang te houden, stampte ze met het hakje van haar slipper op zijn voet.
Hij gaf een korte kreet, greep met een hand het mes

achter zijn riem vandaan en drukte het lemmet tegen de keel van Tess.
'Wees geen waaghals want dan loopt het slecht met je af,' snauwde Joey.
'Val dood!' beet Tess hem toe.
'Nog lang niet. Eerst ga ik zorgen dat je lekker zit, net zoals je vriend hier, en dan praten we verder,' zei Joey met een fluwelen stem.
Errol grinnikte; wat een subtiele manier van uitdrukken hebben die Britten toch. Als ze iemand de keel doorsnijden, zouden ze dan nog informeren of het niet te oncomfortabel is, het mes niet te bot?
Errol volgde hoe Joey een stoel naast die van Ruben plaatste en Tess er ruw op neerduwde.
'Zit stil,' zei Joey dreigend. Hij stak het mes weer achter zijn riem, liep achteruit naar de tafel en pakte op de tast een tweede stuk touw uit zijn rugzak, zonder Tess uit het oog te verliezen. Hij bond haar vast op dezelfde manier als Ruben – haar polsen en enkels met elkaar verbonden – zodat er geen beweging mogelijk was. Toen ze tegenwerkte, trok hij het touw zo hard aan dat ze kreunde: 'Au, mijn enkel.' Met een derde touw verbond hij de poten van de twee stoelen met elkaar.
Ondertussen liet Tess een lawine van vragen los op Ruben in het Nederlands: 'Hoe wist hij waar we waren? Wat moeten we nu? Wat zal hij gaan doen?'
Rubens antwoord was een kort: 'Ik weet het niet.'
Nadat Joey de laatste knoop had vastgemaakt, zei hij: 'Kop dicht. Ik bepaal wie wat zegt.'

Hij ging tegenover Ruben en Tess staan. Hij keek ze een voor een polsend aan en vroeg: 'En nu gaan we praten: waar is de coke?'
Ruben en Tess wisselden blikken met elkaar. Het bleef stil.
Joey vervolgde: 'Wie van jullie twee gaat mijn vraag beantwoorden? Of zijn jullie er te dom voor, studiebollen? Ik zou maar snel zijn want anders wordt het heel vervelend. Ik heb allerlei akelige methodes om jullie te laten praten, een rugzak vol narigheid heb ik bij me,' waarschuwde Joey en hij wees op het mes achter zijn riem.
Ruben lispelde: 'Ik heb het je al gezegd aan de telefoon, wij hebben de coke niet! We hebben het niet gezien op de wc, we hebben het nooit gehad.'
'Als je de coke nooit gezien hebt, hoe weet je dan dat het op de wc verloren is? Hoe kan je dat weten als ik het je nooit verteld heb? Ik zei alleen dat we het kwijtgeraakt zijn in de dansclub,' reageerde Joey fel. Hij boog voorover naar Ruben, neemt zijn neus tussen een wijsvinger en middelvinger en zette druk.
Ruben kreunde en antwoordde: 'Ik zeg maar wat! Ik weet van niks!'
'Ik geloof je niet... geloof jij hem?' vroeg Joey met een blik op Tess. Hij liet achteloos de neus van Ruben los.
Ze haalde haar schouders op en keek Joey strak aan. Haar ogen verraadden niets. Errol vroeg zich af of ze in staat was te bluffen. Ze had het lef maar ze was ook een hartstochtelijke liefhebster van de waarheid, wist

hij ondertussen. Dat zou een interne worsteling van jewelste geven.
'Misschien kun jij me meer vertellen?' vroeg Joey tergend aan Tess. Hij sloot zijn vingers om haar kin.
'Wat wil je weten?' vroeg ze. Ze zit kaarsrecht en roerloos op haar stoel en knipperde zelfs niet met haar ogen. Errol bewonderde haar zelfbeheersing, hij kon haar afkeer van Joey door de vloer heen voelen.
'Ben je mijn vraag vergeten, of zo? Ik wil weten waar mijn coke is,' zei Joey.
Tess zuchtte een keer diep, alsof ze het tegen een zeurende peuter heeft, en antwoordde toen: 'Ten eerste: ik gebruik geen drugs dus ik zou niet weten hoe coke eruitziet. Ten tweede: alles wat ik weet is wat ik zag. Ik zag jou op het toilet toen je dat meisje in elkaar sloeg, Max neerstak en er daarna vandoor ging. Ik weet dus niets van die coke, maar wel dat jij een gewelddadige lafaard bent.' Tess' toon was koud en de minachting droop van haar woorden. Opeens slaakte ze een kreet, want Joey kneep zijn vingers strak rond haar kaken.
Ruben lispelde: 'Laat haar met rust.'
'Als ik antwoord krijg, laat ik jullie met rust, *asshole*,' barstte Joey uit. Hij liet de kin van Tess los en trapte onverwachts en hard met zijn zware schoen tegen het scheenbeen van Ruben. Die gilde van pijn. Een grijze afdruk van Joeys zool stond op zijn witte broekspijp.
'En nou praten, jullie twee, of ik ga jullie serieus pijn doen. Mijn geduld is niet oneindig!' bulderde Joey.
'Hoe kom je hier? Had de politie je niet opgepakt? Hoe

heb je ons gevonden?' vroeg Tess. Het leken vragen om Joey af te leiden van Ruben.
Joey draaide zich naar haar toe en grijnsde: 'Jij hebt jezelf verraden, trut. Ik, en niet de politie, belde jou vanochtend. Leuke *wake-up call*, hè? Ik ben nooit gearresteerd, stomme bitch.'
'Shit,' mompelde Ruben.
'Juich maar niet te vroeg, dat gebeurt nog wel,' snauwde Tess.
'Jij hebt een veel te grote mond, hou je kop,' adviseerde Joey haar en hij trok zijn mes weer achter zijn riem vandaan.
Ruben siste tegen Tess: 'Ssssht.'
'Jullie twee zijn toch dramastudenten? Dan zullen jullie gezichtjes wel belangrijk zijn, hè?' vroeg Joey op een dreigende toon.
Ruben kermde en zei smekend: 'O nee, niet mijn gezicht...'
Nu siste Tess tegen Ruben 'ssshhhht' en fluisterde dwingend in het Nederlands: 'Laat hem vooral niet merken dat je bang bent, sukkel! Dan valt hij juist aan! Dat doen dieren ook als ze je angst voelen.'
'Hou op met dat Hollandse gesmoes!' waarschuwde Joey en hij haalde het lemmet even langs het jukbeen van Tess. Een speldenknopje bloed sijpelde uit een sneetje op haar wang en liep langs haar kaaklijn.
'Lafbek,' zei Tess. Errol zag hoe ze vocht tegen haar tranen, het glinsterde in haar ooghoek. In de korte stilte die volgde, zoemde een mobiel. Errol kende de ringtone

niet, het was waarschijnlijk die van Tess. Ze keek kort naar haar handtas, die naast de bank op de grond stond.
'Waarom vertellen we hem niet gewoon de waarheid?' kreunde Ruben in het Nederlands.
'De waarheid. Jij bent degene die zoveel moeite heeft met de waarheid, niet ik. Jij begon met te zeggen dat je van niets wist! Je hebt me steeds belogen en bedrogen!' reageerde Tess fel.
'Hou verdomme je kop en praat Engels!' schreeuwde Joey en hij duwde het mes tegen de keel van Ruben.
'O god, Tess, ik doe het in mijn broek,' snikte Ruben.
'Nou mietje, vertel wat je weet of ik snijd je keel door,' dreigde Joey.
'Doe normaal, Joey, je bent gek!' viel Tess uit.
'Ja, ik ben gek, stapelgek. Dus kop dicht of ik maak je vriendje hier af,' zei Joey kil.
'Als ik praat, laat je ons dan gaan?' vroeg Ruben met een trillende stem.
'Sure! No problem!' antwoordde Joey vrolijk. Zijn humeur was veranderlijk als een windhaan, dacht Errol, Joey was gestoord, labiel, onvoorspelbaar en agressief. Een voortreffelijk zwart karakter.
'Wat moet ik doen, Tess?' vroeg Ruben en hij wierp een wanhopige blik opzij. Zijn ogen leken uit hun kassen te willen springen, een noodsprong in de blindheid, om van alles af te zijn, niets meer te hoeven zien, dacht Errol.
'Zeg dat je de coke bent kwijtgeraakt en niet meer weet waar het is, dat is toch ook zo,' adviseerde Tess haastig.

Haar stem klonk vast maar schor. Errol merkte hoe ze haar stoere houding probeerde vast te houden, halsstarrig als een drenkeling aan een reddingsboei. Haar wangen waren verhit. Ze bewoog haar enkels wrikkend in de touwen.
'Praat Engels!' beval Joey.
Ruben ging verder in het Engels.
'Oké, oké, je hebt gelijk. Ik... ik heb de coke gevonden op het toilet. Ik wilde het aan je geven, Joey, echt waar, maar je was weg voordat ik het kon doen, weet je. Ik wilde het goed bewaren dus heb ik het in het tasje van Tess gestopt, zolang, totdat ik je zou zien. Daar was het veilig, dacht ik.' Ruben haalde even harkerig zijn schouders op.
Joey knikte met een flauwe glimlach en zei gemoedelijk: 'Ga verder, vriend.'
'Je zult het niet geloven, Joey, maar Tess heeft dat tasje dus in Engeland vergeten. Het ligt...' vervolgde Ruben.
'Nee! Ik ben het niet vergeten maar kwijtgeraakt!' riep Tess.
Joey keerde met een felle ruk zijn gezicht naar Tess toe. 'Wat bedoel je?' vroeg hij ongeduldig.
Tess ging verder in het Nederlands: 'Niks zeggen, Ruben! Joey hoeft niet te weten waar de coke is, we zijn het kwijt, verloren, punt uit!' Haar stem kreeg een smekende klank. Ja, dat is overduidelijk haar zwakke plek, dacht Errol, Max!
'Praat Engels, bitch!' Joey haalde uit en liet zijn vlakke hand als een zweepslag op Tess' wang kletsen.

Ze gilde: 'Smerige lafbek! Kun je wel tegen weerloze meisjes!'
'Met plezier,' spotte Joey.
Tess probeerde overeind te komen van haar stoel om terug te vechten maar de touwen hielden haar vast. Ze zakte terug en boog haar hoofd.
Joey commandeerde: 'Blijf zitten en geef antwoord, stomme trut! Waar is de coke?!'
Ruben ademde zwaar. Hij keek naar Tess, maar ze zweeg.
Joey maakte aanstalten om Tess te stompen, hij had zijn vuist al gebald.
Ruben kreunde en barstte uit: 'Nee! Stop! Laat haar met rust, de coke is niet hier! Het ligt in het huis van Max! Het is allemaal mijn schuld!'
'Max!' brulde Joey en hij sloeg met zijn vuist in zijn hand. 'Ik haat Max!'
'Max heeft er niks mee te maken,' zei Tess. 'Ik ben degene die dat tasje daar heeft laten liggen. Ik wist niet dat er coke in zat. Het is stom toeval en domme pech.'
'Het is een verdomde rotstreek! Wedden dat die klootzak van een Max ervan wist! Hij heeft het vast gepikt!' schreeuwde Joey en hij beende als een bezetene door de kamer heen en weer. De vloer deinde onder zijn zware schoenen.
'Nee, hij weet echt van niks! Laat mij het tasje daar ophalen, dan is het probleem opgelost,' opperde Tess.
Joey stopte met ijsberen en ging wijdbeens tegenover Tess staan. 'Denk jij nou echt, stomme bitch, dat ik jou zomaar laat gaan? En dan nooit meer terugkomen,

zeker! Wat denk je dat ik ben, trut, gek of zo?' Joey zweeg even, legde zijn hoofd in zijn nek en tuurde naar het plafond. Hij rekte zijn armen uit en strekte zijn lichaam. Toen zuchtte hij diep en tevreden en keek Ruben en Tess een voor een aan. 'We bellen Max op en vragen hem of hij het tasje komt brengen.'
Ruben en Tess gaven geen antwoord.
'Ja, bitch, jij gaat Max bellen en vertelt hem dat je het tasje vergeten bent en dat je het wilt hebben. En of hij het wil komen brengen, vraag je dan. En natuurlijk doet hij dat... voor zo'n mooie meid als jij. En geen woord over de coke.'
'Nee, dat kan niet, hij is gewond en...' wierp Tess tegen.
'Dat was maar een lichte steekwond, ik weet wat ik doe. Hij komt wel als jij het hem vraagt, dat doet hij wel voor zijn liefje.'
'Ik bel niet!' riep Tess.
'Je belt wél,' reageerde Joey, 'anders ben je er geweest. En als ik je dan doodgestoken heb, dan zoek ik Max alsnog op in Engeland, geen probleem. Hoe dan ook krijg ik de coke. Als je belt en vraagt of hij komt met het tasje, dan ben je vrij.'
Tess uitte een gefrustreerde kreet en keek Joey met samengeknepen ogen aan.
'Wat is het nummer van Max? Ik tik het wel in en dan bellen we op jouw kosten, da's aardig van me, hè, dat ik je met hem laat bellen? Je vindt hem leuk, hè? Ik zag jullie zo knus zitten samen, in de club,' zei Joey met een grijns.

Tess antwoordde bits: 'Ik heb zijn nummer niet.'
'Ik geloof je niet, je móét zijn nummer hebben. Waar is je mobiel?' vroeg Joey.
Tess antwoordde niet. Joey keek rond en zag de tas op de vloer. Hij liep naar de bank, greep de tas van de grond, hield hem ondersteboven en liet de inhoud op de bank vallen. Hij pakte de mobiel en hield hem omhoog: 'Hebbes!'
Hij bestudeerde het toestel, drukte op wat knopjes en las. 'Je hebt niet gelogen, bitch, je hebt zijn nummer inderdaad niet. Maar we hebben mazzel. Je vriendje heeft je gebeld en ge-sms't. Kwartiertje geleden. Hij heeft je zijn nummer gegeven. "Liefs, Max" staat er.'
Joey las het nummer hardop voor, grinnikte en herhaalde het nog eens.
Errol luisterde aandachtig. Hij trok het notitieblok naar zich toe, pakte een pen uit de pennenbak voor hem op het bureau en noteerde het mobiele nummer van Max.
'Het is veel te laat om hem te bellen,' zei Tess.
'Welnee, hij is nog wakker, anders had hij jou niet gebeld. Hij smacht naar je, wedden?' zei Joey grijnzend en hij toetste het nummer in. 'En laat Max een beetje voortmaken,' adviseerde Joey, 'ik heb niet zo veel geduld.' Hij hield de mobiel bij het gezicht van Tess.
'Max? Ik ben het, Tess. Heb je me gebeld?'
Ze luisterde even en zei toen met trillende lippen: 'Wat fijn dat het goed met je gaat.'
Joey porde haar tegen haar schouder.
'Luister Max, ik ben heel stom geweest. Ik heb mijn flu-

welen tasje bij jullie in de badkamer laten liggen. Ik wil het graag meenemen op vakantie naar Frankrijk, ik zou het zo graag bij me hebben, maar nu ben ik het vergeten, zo stom...'

Ze stopte, luisterde en knikte toen: 'Meen je dat? Red je dat wel? O, dat zou super zijn! Hoe laat kom je aan?'

Ze knikte weer: 'Negen uur kom je aan met de Hovercraft. Dan kun je rond elf uur hier zijn. Het adres is Parklaan 18 in Breda.'

...

Ze kreeg een kleur en antwoordde: 'Ja, dan kunnen we morgen goed afscheid nemen, vind ik ook. En... pas goed op jezelf.'

Joey trok de mobiel uit haar hand en drukte op een toets. 'Genoeg gekletst, bitch, prima gedaan, heel erg bedankt. Maak het jullie zelf gemakkelijk. Nu is het wachten tot hij er is.'

Ruben kreunde: 'Als Tess belde, zou je ons vrijlaten... dat heb je beloofd.'

'Sure! Maar pas als ik het wil. En dat is niet nu,' zei Joey met een grijns. 'Ik gun jullie eerst een gezellig nachtje met z'n tweetjes. Dan houden jullie je tenminste koest. Jullie zijn mijn gijzelaars tot Max arriveert. Dan geef ik hem een warm welkom. Ik heb nog een appeltje met jouw liefje te schillen,' zei Joey grinnikend tegen Tess. 'Hij loopt met open ogen in mijn armen en niet in de jouwe. Dat zal hij niet leuk vinden.' Joey wreef vergenoegd in zijn handen en ging voor Tess en Ruben staan.

'Ik moet plassen,' zei Tess.

'Da's jouw probleem, bitch, niet het mijne. Ik ga nu pitten. Ik zoek hier een fijn plekje uit voor vannacht. Ruben, waar is de sleutel van je kamer?'
Ruben zuchtte en schudde zijn hoofd. 'Ik wil dit niet... alles loopt mis,' zei hij steunend.
'Zit niet te zeuren, waar is de sleutel, mietje? Schiet op! En je mobiel wil ik ook.'
Ruben knikte naar de salontafel. Toen liet hij zijn hoofd hangen.
Joey greep zijn rugzak van de eettafel en stopte de mobieltjes van Ruben en Tess erin. Daarna pakte hij het sleutelbosje, gooide het omhoog, ving het weer op en zei vrolijk: '*Sweet dreams*. En geen stommiteiten uithalen, want ik slaap dichtbij.'
'Ik haat je, lafbek, je zult hiervoor boeten, voor alles!' viel Tess uit en ze spuugde naar hem.
Joey deed een pas opzij en zei lachend: 'Slijmen helpt niet, stomme trut.'
Hij draaide zich om, liep Rubens kamer uit en draaide de deur op slot. Even later klonk er gestommel in de kamer naast Ruben.
Tess en Ruben zwegen even.
Ruben fluisterde: 'Wat bedoelde je aan de telefoon met Max over dat afscheid nemen?'
'Max zei dat we daar vanochtend geen tijd voor hebben gehad. Hij komt om goed afscheid van me te kunnen nemen, zei hij.'
'Wat lief... Tess, sorry, ik heb hem toch verkeerd ingeschat, misschien klopten die verhalen toch niet...'

'Alsjeblieft... ik heb geen zin om te praten,' antwoordde ze zacht. 'Ik zit even stuk. Ik vond het vreselijk Max te moeten bellen. Shit, waarom heb ik dat tasje vergeten, zo stom! Ik duw hem nu regelrecht een valkuil in. Laat me even rustig nadenken. Misschien kunnen we iets verzinnen om te ontsnappen?'

Na een kwartier gezwegen te hebben, begonnen Tess en Ruben de mogelijkheden te bespreken om te ontsnappen. Die waren er niet, concludeerden ze na een halfuur, ze zaten muurvast.
'Je hebt werkelijk ook helemaal niks bruikbaars in deze kamer staan, het is echt zo'n vreselijk saaie kale studentenkamer. Geen vaas of pot die we aan scherven kunnen gooien om de touwen mee door te snijden of zoiets, helemaal niets,' mopperde Tess.
'Hoe had je die vaas of pot dan willen pakken? Ik kan me amper verroeren, jij wel?' vroeg Ruben zuur.
Tess keek naar haar vastgebonden voeten. 'We zouden gelijktijdig kunnen schuiven... met onze stoelen over de vloer, die planken zijn glad genoeg,' merkte Tess op.
Praktische meid, dacht Errol.
Er klonk weer gestommel in de kamer van Joey, hij liep de gang op, roffelde hard op de kamerdeur van Ruben en riep: 'Koppen dicht!'
'Hij gaat vast naar de wc,' zei Tess.
'Dat schuiven maakt te veel herrie, dat hoort hij,' fluisterde Ruben.
'Ja,' zuchtte Tess, 'ik geef het op voor vandaag, ik ben

bekaf. Ik kan niet eens meer denken, laat staan bewegen. Ik heb zo totaal genoeg van deze rotdag. Als het ons lukt om in slaap te vallen, zijn we in ieder geval even verlost van de misère.'
Ruben knikte. De wc werd doorgetrokken.
'Ik wou maar dat hij door de pot was gezakt,' lispelde Ruben zacht.

Ruben en Tess zeiden niets meer. Ze knikkebolden en leken in slaap te vallen. Errol gaapte. Tess' kin rustte op haar borstbeen, haar rossige haren omlijstten haar wangen als een glanzende voile en maakten haar profiel onzichtbaar. Haar buik bewoog regelmatig op en neer. Ruben steunde met zijn achterhoofd tegen de stoelleuning, zijn mond hing open en hij snurkte licht. Errol gunde ze hun rust. Morgen zou het weer een zware dag worden. Zodra de onbekende Max zijn entree op het toneel maakte, begon het volgende bedrijf.
Errol scheurde het bovenste blad uit zijn notitieblok en draaide zijn stoel van de beeldschermen af. Genoeg kijkplezier gehad voor vandaag. De camera's bleven lopen maar hijzelf trekt zich terug voor de nacht, net als zijn spelers.
Hij schuifelde naar zijn bed en liet zich – licht hijgend – op het matras zakken. Lange tijd keek hij naar het neergekrabbelde nummer – de lange uithalen van de cijfers en letters leken te juichen – en toen knikte hij.

20

Tess

6 Juli

'Tess, slaap je?'

Ik werd gewekt door een stemgeluid dat ik niet direct kon thuisbrengen. Sliep ik met een man?! O nee, Ruben...

Toen ik mijn ogen opendeed, wist ik het allemaal weer. Ik was geradbraakt, had steeds hazenslaapjes gedaan op mijn stoel. Mijn hele lijf deed pijn, mijn armen en benen voelden gezwollen, mijn hoofd bonkte. Mijn blaas was voller dan vol, kon ik maar naar de wc. Maar wie kon ons bevrijden? Niemand. Het was hopeloos. Nu mijn hersens weer op volle toeren begonnen te draaien, voelde ik mijn maag samenknijpen. Was het honger, de angst voor Joey of de zorgen die ik had om Max? Waarschijnlijk van alles een beetje. Mijn nek stribbelde tegen toen ik moeizaam mijn hoofd boog om op mijn horloge te kijken: half negen. Voorzichtig bewoog ik mijn stijve vingers en tenen om de bloedsomloop te stimuleren.

'Tess... pssst,' hoorde ik Ruben sissen.

Ik had geen zin om te reageren, ik kneep mijn ogen weer dicht en hield me slapende, dit was allemaal zijn schuld. Totdat ik een soort engelenstemmetje in mijn hoofd hoorde: hij had je anders wel beschermd, hoor, toen Joey je wilde slaan, weet je nog? Anders had je een stomp in je maag gehad. En jij was zo slordig om je tasje te vergeten, niet Ruben. Ik opende braaf mijn ogen. 'Goedemorgen, Ruben,' zei ik.

'O Tess, heb jij ook overal zo'n pijn? Het spijt me zo, darling. Wat een toestand en het is allemaal mijn schuld...' kreunde hij.

Ik ontdekte onder zijn stoel een plasje en keek snel omhoog. Rond zijn mondhoek kleefde een roodbruine korst. Ik was blij dat hij zichzelf niet in de spiegel kon zien, dan zou hij flauwvallen van de schok. Ik voelde medelijden opkomen. 'Joh, ik heb heerlijk geslapen, ik ben fit als een hoentje! Jij niet dan?' zei ik gemaakt opgewekt.

Hij trok zijn mond in een moeizame glimlach, ik kon zien dat het pijn deed.

'Weet je nog, Ruben, die workshop die we hadden in Londen, waarbij we als inspiratiebron het ergste wat je ooit had meegemaakt moesten gebruiken? Nu hebben we tenminste nieuwe inspiratie opgedaan. Is dit niet

erger dan die straatdiefstal, akeliger dan alles wat je ooit hebt meegemaakt?' probeerde ik grappig te zijn.
Hij keek me aan, zijn ogen bloeddoorlopen, en schudde zijn hoofd: 'Nee, dit is niet het ergste, darling, bij lange na niet. Ik heb gelogen over alles, mijn leven is één grote bluf. Je hebt geen idee wie ik ben.'
Ik kneep mijn ogen samen en voelde een tinteling in mijn nek. Hoeveel nare verrassingen had hij nog voor me in petto? Hij leek wel een magiër, hoeveel konijnen zaten er nog verscholen in zijn hoge hoed? Zou Ruben waanzinnig aan het worden zijn? Misschien knelden de touwen de bloedsomloop naar zijn hersenen af? Of misschien was hij altijd al wel een levensgevaarlijke gek achter zijn nepbrillenglazen? Hoe dan ook, zolang hij vastgebonden zat, kon hij niks doen. Ik besloot met hem mee te praten. In de acute psychische hulpverlening – dat wist ik van een toneelstuk dat we eerder dit jaar hadden opgevoerd – was dat altijd het eerste advies: vragen, luisteren en meebuigen.
'Is dat zo? Nou, nu we alle tijd hebben, kun je me uitgebreid vertellen wie je bent. Ik maak graag kennis met je echte ik.'
'Tess, hou op, zeg! Je praat als een *wannabe* psychiatrische verpleegster, je zei al "we". Je hoeft echt niet te denken dat ik een psychotische patiënt of psychopaat ben! Ik weet waar ik het over heb.'
Ik haalde opgelucht adem. Opgesloten zijn in het gezelschap van iemand met een gezonde geest was toch net iets geruststellender dan samen met een malende gek.

'Vertel op dan,' zei ik, 'ik luister.' Alles beter dan steeds moeten denken aan wat onvermijdelijk komen ging als Joey wakker werd en Max arriveerde. Mijn maag trok weer samen. Om elf uur kon Max hier zijn.
Rubens stem doorkruiste mijn gedachten. 'Ik heb bijzondere ouders... ze drinken en hebben meestal geen werk, eigenlijk al sinds mijn geboorte.'
'Wat?! Je zei steeds dat je ouders bulkten van het geld! Moet ik dit geloven? Spreek je nu de waarheid of niet?'
Hij knikte. 'Ja, het is waar. Ik heb voor alles in mijn leven moeten knokken. Nieuwe schoenen, een leuke jas; ik moest ervoor werken of stelen... stelen was makkelijker. Weet je, Tess, ik had nooit een toekomst. Mijn ouders hadden er geen en ik dus ook niet, dacht ik. Ik zat in hun put, er was geen uitweg.'
'Jee Ruben, wat erg!' riep ik uit.
'Ik heb vaak op het punt gestaan er een eind aan te maken. Totdat er op de middelbare school een keer een theatergezelschap op tournee kwam. Ik zal het nooit vergeten. Ik zat in havo 4. Dat was de ommekeer in mijn leven. Ik zag hoe een gewoon meisje op het podium veranderde in een rijke dame, hoe een normale jongen een koning werd. Ik zag opeens een uitweg! Als acteur op een podium kun je zijn wie je wilt, een acteur kan iedereen worden! Een feeks, een slons, een crimineel: een acteur is iedereen! Die dag veranderde ik van een sombere kansarme puber in een man met een missie. Theater, de toneelschool, dat werd mijn toekomst, dat is mijn vrijheid en ontsnapping. En

die laat ik me niet meer afnemen, Tess, door niemand!' Zijn stem brak en ik zag tranen uit zijn ooghoeken kruipen.
'Dat gebeurt niet! Je zit op de dramaschool, je hebt talent, je zult slagen!' verzekerde ik hem.
Hij liet zijn hoofd hangen en snoof diep. Toen richtte hij zich weer op en zei: 'Ik heb zoveel aan Shakespeare gehad. Het klinkt misschien aanstellerig, maar hij heeft me erdoor geholpen, weet je dat? Zeker *Hamlet. To be or not to be* werd mijn levensmotto. Ken je die monoloog?' Ik schudde mijn hoofd en antwoordde: 'Nee, niet uit mijn hoofd.' Ik ben geen tekstvast type, wist ik, zoals Ruben geen improvisatiewonder is; zo hebben we ieder ons eigen talent, realiseerde ik me, en dat is prima. Het theater heeft beide nodig, daarom hoefde ik hem niet te minachten, las ik mezelf de les.
Hij vroeg: 'Ik wil een deel voordragen. *May I*?'
Ik knikte.
Even was er een pauze en toen begon Ruben. Zijn stem was zuiver. Hoewel zijn beurse lippen zijn woorden wat vervormden, had ik zelden zo genoten van een voordracht van hem. De tekst stroomde als een frisse waterval door mijn ziel, puur en roerend. Was het makkelijker de pijn van het leven te voelen of is de angstige onzekerheid van de dood te verkiezen? Wat was zwaarder: leven of dood, to be or not to be? Niemand had dat klassieke dilemma simpeler en scherper kunnen verwoorden dan Shakespeare, dacht ik.

Te zijn of niet te zijn, dat is de vraag
Is het moediger om de slagen en pijlen
van uitzinnig geluk te verdragen
en om je te wapenen, vechtend
de zee van levensproblemen te keren
of te sterven, slapen, niets meer,
dan slapend de zielspijn en duizend
schokken van het leven te eindigen?

Is het moediger om te kreunen en
zweten onder het juk van het leven,
omdat de dreiging van wat is na de dood,
– dat onbekende land zonder terugkeer –
het gemoed angst aanjaagt en verwart
en ons liever het leven laat doorstaan
dan doet vluchten naar de onbekende verte:
dat weten maakt lafaards van ons allemaal.

De tekst greep me aan, ik slikte mijn tranen in.
'Is het pijnlijker om te leven of te sterven, zou ik zelfmoord plegen of niet? Dat is de vraag,' besloot Ruben zijn voordracht van Hamlet met zachte stem.
'Leven is het meervoud van lef, heb ik eens gelezen,' zei ik en ik glimlachte naar hem. Gemeend.
'Voor zelfmoord is anders ook lef nodig. Als je eens wist hoe vaak ik het overwogen heb. Maar zou de dood pijn doen, vroeg ik me dan steeds af. Zou de dood meer pijn inhouden dan leven? Of zou de dood me verlossen? Het was precies het dilemma dat Shakespeare

noemt. Ik weet nog dat ik buiten liep, tijdens zomervakanties op de basisschool... ik voel de zon nog op mijn hoofd branden. Iedereen blij, maar voor mij had niets betekenis. Alles ging langs me heen, leefde alleen maar om mij heen. Ik voelde me als in een ijshut, midden in de zomer. Zo vaak wilde ik dat ik niet zo bang was, dat ik het gewoon kon doen: er een einde aan maken. Ogen dicht en springen van het dak van ons flatgebouw, acht hoog. Soms stond ik langs de drukste straat te wachten tot ik over kon steken, de auto's en vrachtwagens raasden voorbij. Ik hoefde maar één stap te zetten, één stap van de dood vandaan, maar ik was te bang. Ik wilde niet leven maar durfde ook niet te sterven, altijd bang. Eén verdomde stap bleef ik ervandaan, van het leven en de dood, ik kon aan allebei niet meedoen.'

'O Ruben, wat zwaar...' fluisterde ik.

Hij knikte afwezig en vervolgde: 'Soms voelde ik me zo slecht, Tess, zo vreselijk slecht. Dan dacht ik: slechter kan niet, dit is het moment, zoveel ellende overleeft niemand, misschien ga ik nu dood, vanzelf, zonder ervoor te hoeven kiezen. Misschien geeft mijn lichaam het nu eindelijk op. Maar altijd bleef ik leven, denken en voelen, en verstopte ik mijn vreselijke angst en pijn voor iedereen. Ik herinner me dat ik een keer in de spiegel keek, ik was denk ik vijftien, en mijn eigen ogen ontmoette en ze niet meer los kon laten, ik kon me niet losrukken van mijn eigen blik: ogen zo verschrikkelijk eng dat ik er doodsbang van werd. Ik kon het niet meer verdragen ze naakt te zien en begon een

bril te dragen.' Ruben stopte zijn verhaal en haalt diep adem.
Ik kon me bijna niet verroeren door de touwen maar ik wilde het ook niet. Ik wilde hem niet storen, hij luchtte zijn hart, wie weet voor de eerste keer in zijn leven. Langzaam ontspande hij zich weer. Een flauwe glimlach krulde zijn gezwollen lippen.
'En toen...' vervolgde hij.
'En toen kwam het theatergezelschap naar je school,' zei ik zacht.
Hij knikte.
'En daarna ben je nooit meer zo diep in de put geraakt dat je serieus zelfmoord hebt overwogen?'
Hij schudde zijn hoofd en antwoordde met een scheve glimlach: 'Ik was gered. Weten dat ik kon ontsnappen uit het dagelijkse ellendige leven met mijn ouders gaf me rust. Het besef dat er een uitweg is, maakt elke akelige situatie draaglijker, vind je niet?'
'Ja, zeker helpt dat! Als ik bijvoorbeeld wist hoe we hier weg zouden kunnen komen, was ik heel wat vrolijker. Maar nee, zonder gekheid, Ruben, wat een verhaal... ik had geen idee dat je het zo zwaar hebt gehad. Ik vind het heel erg moedig en mooi dat je ondanks alles voor het leven hebt gekozen.'
'Zelfs nu? Ik heb je zwaar in de problemen gebracht,' zei hij met een pijnlijke grimas.
'Ja, ook nu!' antwoordde ik zo opgewekt mogelijk, al schreeuwde mijn lichaam het bijna uit van ellende. De botten in mijn enkels en polsen voelden gekneusd en

mijn ledematen waren stram. Alles in me riep om beweging, vrijheid. En om Max!
'Die klap op mijn gezicht had ik anders kunnen missen als kiespijn,' klaagde Ruben. 'Ziet het er erg akelig uit?'
'Welnee, je hebt prachtige volle lippen nu,' zei ik sussend.
'Hoe laat zou Max er ook alweer zijn?' vroeg Ruben na een korte stilte.
'Hij zou de eerste ochtendboot nemen en dan kan hij rond elf uur hier zijn.'
'Ik hoop dat hij me niet ook een klap verkoopt,' zei Ruben.
'Dat kan ik niet beloven, je weet hoe agressief hij is, dat heb je zelf gezegd,' reageer ik zuur.
Nu zijn naam gevallen was, nam de duizelende druk in mijn maag weer toe. Ik was bang, doodsbang, dat Joey Max iets aan zou doen. Max, Max, zijn naam draafde in eindeloze voltes door mijn hoofd.

21

Errol – Max

6 Juli

Errol had voor de tweede keer ontbeten, hij haalde eens diep adem. Tevreden, ja, hij was tevreden. Zo tevreden was hij in lange tijd niet geweest. Hij had niet eens behoefte aan de verdovende werking van de whisky, nee, het ging prima zo. Laat de dag maar komen, rauw en helder, uitdagend als de première van een nieuw toneelstuk.

Hij liep langzaam, zijn benen tegen elkaar aan schurend, naar het bureau en liet zich in de stoel zakken. Verwachtingsvol keek hij naar de zes schermen. Onder elk scherm stond: 11:05.

Joey ijsbeerde door Rubens kamer. Hij stond stil voor Tess en snauwde: ‘Waar blijft die lekkere lover van je?

Hij had hier toch al kunnen zijn! Wat voert hij in zijn schild?'
'Geen idee,' antwoordde Tess, 'zo goed ken ik hem niet, na die paar dagen. Jij kent hem volgens mij beter, of niet?' Haar toon werd uitdagend.
'Ja, ik ken hem. Ik ken hem maar al te goed. Een loser is het!' viel Joey uit.
'Hoezo? Hij gaat naar school, eet en drinkt, gaat uit; hij lijkt me nogal normaal,' zei Tess.
Ruben zat zwijgend op zijn stoel, hij maakte een uitgebluste indruk. 'Ik moet plassen,' fluisterde hij, 'ik wil roken.'
Joey negeerde hem. 'Normaal?! Echt niet! Max was tot een jaar geleden de grootste drugsgebruiker van het oostelijk halfrond! Toen hij de drugs afzwoer werd hij opeens een schijnheilige betweter, een missionaris, de verrader. Maar dat heb ik hem betaald gezet!'
'Waarom ben je zo kwaad op hem?' vroeg Tess.
Errol zag aan de blos op Tess' wangen dat de woorden van Joey haar geraakt hadden.
'Omdat hij me op mijn nek zit, een matennaaier en politiemaatje is het, daarom!' Hij vervolgde mompelend: 'Pas als ik hem definitief uitschakel, ben ik van hem af...'

Continu wisselden de beelden op de schermen. Vanuit verschillende invalshoeken, in alle zes kamers, de hal en de tuin. Errol drukte op wat knopjes van het bedieningspaneel dat voor hem op het bureaublad stond. De schermen vertoonden nu buitenbeelden vanuit diverse

perspectieven. Errol tuurde scherp naar de beelden van de oprijlaan. In de begroeiing aan één zijde van het brede pad bewegen de bladeren, ziet hij. Was het de wind? Of bewoog iemand zich door de struiken naar het huis toe? Het gebladerte roerde zich op meerdere plaatsen. Toch de wind? Een struik schudde, halverwege het pad. Even later zag Errol weer iets bewegen, dichter bij het huis.
'Dat moet Max zijn, dat kan niet anders,' zei hij hardop en hij wreef in zijn handen. 'Max staat in de coulissen.' Zijn humeur werd steeds beter, de gebeurtenissen waren niet meer te stuiten, alles liep als een trein. De locatie, de spelers en de plot – een zichzelf schrijvend script – waren alle perfect. Die Ruben moest eens weten hoe goed hij opeens in improvisatie is, dacht Errol grinnikend.

'Als Max niet wil horen, moet hij maar voelen,' besloot Joey. Hij haalde een klein plastic envelopje uit zijn broekzak. Toen ging hij aan de tafel zitten, met zijn rug naar Ruben en Tess toe. Errol zag hoe Tess zich uitstrekte en haar nek rekte. Ze probeerde om het lichaam van Joey heen te kijken.
Joey praatte in zichzelf: 'Niet minder dan zes milligram, anders gebeurt er niks. Zes milligram, dat is bingo.'
'Wat zeg je?' vroeg Tess.
'Niks. Ik maak wat lekkers voor je klaar, een oppeppend ontbijtje, wacht maar af,' antwoordde Joey en hij glimlachte.
Errol volgde hoe Joey zijn rugzak op zijn schoot nam en er een flesje water, een lepel en een kleine spuit uit-

haalde. Hij legde de spullen voor zich op tafel neer. Joey trok de spuit uit de verpakking, het plastic kraakte.
'Wat ben je aan het doen?' vroeg Tess.
'Picknicken,' antwoordde Joey.
Hij schudde wat poeder – cocaïne, nam Errol aan – uit een maatbakje op de lepel. Daarna goot hij wat water uit het flesje over het poeder heen. Vervolgens haalde hij een pakje sigaretten en aansteker uit zijn broekzak. Hij brak een filter van de sigaret af. Hij tilde de lepel op en hield het vlammetje eronder en verhitte het mengsel in de lepel. Het mengsel goot hij door de filter terug in het maatbakje. Hij wachtte even, terwijl hij onafgebroken naar de vloeistof keek. Af en toe raakte hij met zijn vinger het bakje aan, om de temperatuur te controleren, vermoedde Errol. Toen zette hij de spuit in het bakje en zoog de vloeistof op. Hij hield hem omhoog voor zijn ogen en mompelde: *'Hot shot.'*
Hij stond op en draaide zich, met de spuit in zijn hand, om naar Ruben en Tess.
'Nu mag je kiezen, Tess, of nee... Max moet kiezen. Ik wil dat je hem belt en vraagt waar hij blijft. En als hij smoesjes verkoopt mag je hem vragen wat hij liever heeft: dat ik jouw mooie gezonde lijf inspuit met coke en je alle hoeken van het heelal laat zien of dat hij braaf zo snel mogelijk naar ons toe komt. Met jouw tasje. De keuze is aan hem.'
'Wat?!' riep Tess uit.
Ruben kreunde: 'O nee, Tess heeft nog nooit gebruikt, dat is hartstikke gevaarlijk.'

'Is dat zo?' vroeg Tess schril.
'Gevaarlijk? Welnee, ik weet precies hoe ik het moet doen. Maar ja, een ongeluk zit natuurlijk in een klein hoekje, het kan soms net iets te veel zijn.'
Ruben schoot uit zijn apathie: 'Je bent stapelgek, man! Als je die coke in haar aders spuit, krijgt ze een keiharde flash die ze misschien niet overleeft. Zo dadelijk krijgt ze een hartaanval of psychose. Of ze sterft... Dat wil je toch niet echt op je geweten hebben voor die paar ons coke?'
'Die paar ons is heel wat waard, sukkel, dat weet jij zelf ook donders goed! Anders was je er wel met je poten afgebleven. Het is jouw schuld dus bemoei je er niet mee, sissy, hou je kop,' blafte Joey.
Hij legde de spuit terug op de tafel. Toen gespte hij zijn riem los en trok hem uit zijn broek.
'Wat doe je?' vroeg Ruben.
Hij had weer pit, merkte Errol op.
'De riem gebruik ik zo als stuwband. Ik wil Tess niet onnodig pijnigen. Ik heb de kleinste 1cc-spuit en -naald gekozen, allemaal brandschoon,' zei Joey zalvend.
'Je laat het uit je idiote kop!' viel Ruben uit. 'Laat Tess met rust!'
'Dimmen, klootzak, of ik gebruik de riem om jou te slaan,' dreigde Joey. Hij liet de leren band door zijn hand glijden, de riem zwiepte als een woedende slang.
'Nu gaan we Max bellen, goed?' stelde Joey voor. Hij legde de riem op tafel en pakte de mobiel van Tess. Hij zocht even, tikte een nummer in en hield het toestel bij

de lippen van Tess. Haar mooie volle lippen trilden, zag Errol.
'Max?'
Ze zweeg en sloot haar ogen.
'Dus je bent er al bijna?' vroeg ze strak, haar stem gespannen als een vioolsnaar.
Ze luisterde even en knikte toen.
'Oké, dan zien we je zo,' zei ze.
'Wat zei hij?' vroeg Joey.
'Dat hij nu op de stoep staat.'

'Max is er...' zei Ruben opgelucht, 'zie je nou wel, Joey, dat hij gewoon komt? Voor Tess doet hij alles.'
'Romantische gek, hou je kop,' snauwde Joey. Hij wierp de mobiel van Tess op de bank en beende naar de tafel.
'Je leest te veel Romeo en Julia, Ruben,' zei Tess zacht en ze knipoogde naar hem.
Haar veerkracht leek terug. Errol merkte dat hij met haar meeleefde, hij was blij dat ze weer moed had. Zijn telefoontje naar Max, een uurtje geleden, deed hem plezier. Die Joey werd veel te zeker van zijn zaak, hij hoefde niet alle touwtjes in handen te hebben, dat zou al te makkelijk zijn geweest. Errol had hem de wind uit de zeilen genomen. Errol had bovendien sympathie opgevat voor Max, merkte hij, al kende hij hem nog niet. Waarom? Geen idee... Waarschijnlijk omdat zijn muze Tess hem ook mag. Hoe dan ook wilde hij Max het voordeel van de verrassing schenken. En Joey dat voordeel ontnemen. Een anoniem belletje naar Max was

voldoende om de kaarten van de vier spelers opnieuw te schudden. Errol had de situatie uiteraard ook overwogen vanuit zijn visie als producent: hij had besloten de werkelijkheid te doorbreken omdat die wat al te voorspelbaar werd. Nu waren alle opties weer open. Het leek gesmeerd te lopen zo.

Wat zou Max tegen Tess gezegd hebben aan de telefoon? vroeg Errol zich af. En wat zou Tess nu denken? Zijn camera's liepen, dag en nacht, hij kon alles opnemen wat er in en om zijn huis gebeurde, maar wat er in de hersenpan van zijn personages omging, dat was een vraag.

Joey opende zijn rugzak die op de tafel lag en zei: 'Nu is het tijd voor het echte werk.' Hij ritste een binnenvak open en haalde een pistool tevoorschijn.

'Shit...' fluisterde Ruben.

Tess hapte naar adem.

Errol mompelde: 'Mmm, ja, daarop had ik wel gerekend...'

Joey richtte de loop op Ruben en Tess en zei kil: 'Jullie houden je gedeisd hier, anders schiet ik Max dood. Zonder pardon.'

Joey liep naar de voordeur en trok hem open, zijn pistool in de aanslag.

Max stond op de stoep. Zonder terug te deinzen nam hij Joey op. Zijn ogen waren donker.

Mooie jongen, dacht Errol.

'Verrassing, loser,' zei Joey smalend en hij drukte de loop van het pistool even in de maag van Max. Max deed

een stapje terug en zei: 'Ik had jou hier niet verwacht.'
'Nee, hoe kon je ook? Jij denkt alleen maar aan jezelf, lafbek. En aan je lekkere vriendinnetje,' spotte Joey.
Max verstrakte en vroeg: 'Waar is ze? Is alles goed met haar?'
'Nog wel,' zei Joey, 'en als je braaf doet wat ik zeg, komt alles in orde.'
'Wat wil je van me?' vroeg Max ijzig.
'Dat vertel ik je zo. Kom binnen en schiet een beetje op, hufter.'
Joey deed een pas opzij om Max te laten passeren. Hij liet zijn blik snel door de tuin dwalen en sloot toen de voordeur met een zet van zijn voet.
'Loop door, slome, die deur vóór je moet je hebben,' commandeerde Joey.
Max ging Rubens kamer binnen. Hij hield direct halt als hij Tess en Ruben ziet. Zijn lichaam verstarde. 'Ruben... wat is er met je gebeurd? Tess, je gezicht... gaat het met je?' vroeg Max. Zijn stem klonk hees.
Errol zag hoe hij zijn vuisten balde; hij moest zich waarschijnlijk tot het uiterste beheersen om Joey niet tegen de grond te slaan en Tess te bevrijden, dacht Errol. Beheers je, Max, je hebt vast iets voorbereid, je hebt ongetwijfeld een plan.
Tess had een hoogrode blos en antwoordde: 'Ja, Max, alles oké.'
Joey stond achter Max, de loop van het pistool in zijn rug gepriemd, en vroeg aan Tess: 'Wat is er met jou aan de hand?'

‘Niks… hoezo?’ vroeg Tess.
‘Je hebt een knalrode kop,’ zei Joey.
‘Dat komt omdat ik me helemaal lam ben geschrokken van dat pistool van je,’ viel Tess uit. ‘Dit is de eerste keer van mijn leven dat ik een wapen in het echt zie, wat denk je nou?!’
‘Nou, kijk er maar goed naar dan,’ reageerde Joey grinnikend, ‘misschien is het wel de laatste keer.’
‘Hoezo?’ vroeg Ruben geschrokken. ‘Ga je ons doodschieten?’
‘Nee, natuurlijk niet, hou je mond, Ruben,’ zei Tess kortaf.
‘Mmmm, ik weet het nog niet, eigenlijk best een goed idee. Maar eerst ga ik Max een stoel aanbieden, dat is wel zo beleefd,’ zei Joey. Hij trok een derde stoel bij de eettafel vandaan en zette hem links van Ruben neer. ‘Niet te dicht bij je vriendinnetje, daar word je maar onrustig van,’ zei Joey terwijl hij gebaarde met zijn pistool. ‘Geef me je rugzak en ga zitten.’
Max liet zijn rugzak van zijn schouders op de grond glijden, maar bleef koppig staan. Joey richtte de loop van zijn pistool op Tess en vroeg zacht: ‘Wat wil je, Max? Wil je nog een dode bitch op je geweten hebben?’
Max trok bleek weg. Tess fluisterde zijn naam, maar hij leek het niet te horen. Met strakgespannen kaken staarde Max naar Joey. Toen zakte hij met zichtbare tegenzin op de stoel neer.

'Nu zullen we eens zien wat je bij je hebt,' zei Joey, terwijl hij de rugzak van Max optilde en hem boven de eettafel omkeerde. Een bruinleren portemonnee, een zwarte toilettas, een onderbroek en sokken en een groen fluwelen tasje buitelden op de tafel.
'Wat doe je, man?' riep Max uit. 'Dat is van mij!'
'Nee, jij hebt ook iets van mij,' zei Joey.
'Wat dan? Waar heb je het over!' viel Max uit en hij wil overeind komen.
Joey pakte het fluwelen tasje op, richtte zijn pistool op Max en zei: 'Blijf zitten, sukkel, ik heb het al. Dit is wat ik zoek.' Joey keek even vragend naar Ruben.
Ruben knikte.
'Hier zullen we het dan hebben... mijn coke,' zei Joey glimlachend.
'Wat?!' riep Max uit en hij keek Ruben en Tess beurtelings aan. Hij zag er verbijsterd uit, vond Errol. Ruben mompelde zacht: 'Sorry, Max, mijn schuld.'
Joey opende het tasje en liet de inhoud op het tafelblad vallen. Toen tuurde hij in het geleegde tasje en gromde: 'Ik zie het niet... waar is het? Shit, waar is het!' Zijn glimlach veranderde in een angstwekkende grimas. Zijn mondhoeken verstarden en zijn oogballen leken te zwellen van woede. '*Fucking hell*, waar is het?! Zeg het of jullie zijn dood!' bulderde hij.
'Hoe bedoel je, wat is er?' riep Tess uit.
'Jouw vriendje heeft net jullie doodvonnis getekend,' zei hij koud, 'te beginnen zijn eigen.'

'Hoezo, wat is er dan?' vroeg Ruben schril. 'Max, wat heb je gedaan?'
'Ja, vertel het maar, Max. Dat lukt nog net, voordat je de pijp uitgaat,' snauwde Joey.
'Niks, ik heb niks gedaan. Ik heb het tasje meegenomen precies zoals ik het vond,' verklaarde Max.
'Klopt! Ik heb er make-up in gedaan!' riep Tess.
'Maar waar is dan de verdomde coke?' schreeuwde Joey. 'Ruben, waar?!'
'Ik weet het niet... ik heb het in dat tasje gedaan. De avond voordat we vertrokken, ik meen het...' stamelde Ruben.
'Je liegt, klootzak, ik heb het helemaal gehad met jullie! Jullie gaan er alle drie aan!' krijste Joey.
Hij gooide het tasje van zich af. Het viel met een beschaafd plofje neer bij de deur.
Joey klauwde de spuit van de tafel. 'Eerst ben jij aan de beurt, loser. Ik ga jou koud maken, zoals ik dat ook bij je zus heb gedaan.'
Joey ging voor Max staan, het pistool in de linkerhand, de spuit geheven in zijn rechterhand, klaar om toe te steken.
'Wat zei je daar?' vroeg Max toonloos. Zijn gezicht was grauw weggetrokken. Hij kwam half overeind van zijn stoel en oogde of hij elk moment flauw kon vallen. 'Wat zei je?' herhaalde Max, dringender dit keer.
'Ga zitten, *asshole*, dan zal ik het je haarfijn uitleggen,' zei Joey tergend terwijl hij de loop van het pistool op het voorhoofd van Max zette.

'Nee!' riep Tess. 'Laat Max met rust!'
'Bek dicht, bitch!' snauwde Joey. 'Ik heb een leuke *bedtimestorie* voor jullie, voordat jullie eeuwig slapen gaan. Er was eens een meisje, Gloria, het zusje van Max. En ik heb jouw zusje,' Joey keek Max aan, 'een overdosis ingespoten, vriend. Op de wc van One Night Stand. Daar waar ze gevonden is. Om jou een lesje te leren. Jij hebt me verraden, rotzak, je hebt me zomaar aan de politie overgeleverd toen je de drugs afzwoer,' zei Joey bitter en hij zette de loop van het pistool op de borst van Max. Ruben leek lamgeslagen. Tess maakte een kreunend geluid. Max wiegde heen en weer op de stoel en klemde zijn handen om zijn knieën, alsof hij zichzelf ervan wilde weerhouden om Joey aan te vliegen.
'Gloria vermoord,' steunde Max zwaar ademend. Hij schudde zijn hoofd: 'Gloria is vermoord... jij hebt haar vermoord. Mijn god...' Hij klemde zijn gebalde vuisten tussen zijn benen en trilde over zijn hele lijf.
'Stel je niet aan, sukkel. Geweest is geweest. Vermoord of zelfmoord, wat maakt het uit, ze is dood. Over en uit. Het is en blijft jouw schuld.'
'Nee, nee...' fluisterde Max huiverend en tranen gleden over zijn wangen.
Errol kon hem amper verstaan.
'God, ze had nog kunnen leven...'
'Het is jouw schuld, jij hebt me verraden,' snauwde Joey.
Max haalde diep adem, richtte zijn hoofd op en keek Joey strak aan. Tranen stroomden onophoudelijk over zijn bleke wangen. Onder zijn ogen lagen donkere scha-

duwen. De huid stond zo strak om zijn botten gespannen dat zijn gezicht bijna een doodshoofd leek, vond Errol. Markante kop, die Max.

Joey snoof minachtend: 'Jankerd, had je me maar niet moeten verraden.'

'Het had niets te maken met jou, laffe hond. Ik ben gestopt omdat ik dat wilde. Ik moest weg bij de drugs, weg bij jou. Jouw wereld was de mijne niet meer.' Max' stem was ontdaan van elke emotie, maar zijn tranen bleven komen.

Joey verplaatste de loop van het pistool en drukte hem tegen het voorhoofd van Max. Hij lachte kakelend en gilde: 'Ja, onze werelden zijn niet hetzelfde. Jij hoort niet meer in de mijne. Ik ga je naar een andere wereld helpen, vriend, eerst was je zus aan de beurt en nu jij, daar ga jc...'

'Nee, nú ben jij aan de beurt,' brulde Max en hij sprong overeind. Joey raakte uit balans en deinsde achteruit. Hij spande zijn vinger om de trekker om te vuren.

Toen klonk een oorverdovend gerinkel van glas. Door het versplinterde raam dook een donkere man de kamer binnen. Hij rolde over de vloer en sprong, als een kat, soepeltjes overeind. Hij trok een pistool uit de holster op zijn rug, zag Errol. Tegelijkertijd werd de kamerdeur opengegooid en stormden twee mannen in uniform binnen. Op datzelfde moment wierp Ruben zich met stoel en al tegen Joey aan. Met zijn hoofd beukte hij tegen Joey's rechterhand. De spuit viel op de houten vloer. Errol wreef in zijn handen van genot, dit was een

en al actie. Joey trapte Ruben opzij. Joey brulde: *'Fuck you all!,'* richtte de loop op Max en spande zijn vinger om te vuren.
'Nee!' gilde Tess. Joey haalde de trekker over en schoot. Er volgde een droge klik. Toen daverde een schot door de kamer. Het geluid trilde door de planken boven zijn hoofd, merkte Errol. Daarna klonk een doffe bons van een vallend lichaam op de houten vloer.

Errol speelde glimlachend met de kogels in zijn hand. Met zijn vingers streelde hij het metaal. Glad en rond en hard waren de kogels, bijna sexy. Hij kon de gebeurtenissen op het scherm amper volgen, het drama voltrok zich razendsnel. De twee agenten in uniform knielden bij Joey neer. Die kronkelde hysterisch over de vloer en krijste: 'Jullie hebben mijn knieschijf aan flarden geschoten, klootzakken!'
'Politie. Je staat onder arrest,' zei de donkere man en hij stopte zijn pistool terug in de holster op zijn rug. Hij keek kil op Joey neer en zei in het Engels: 'We zullen een ambulance bellen. Hou je maar liever rustig, dan bloed je minder.'
'Jullie mogen mij niet zomaar neerschieten, stelletje fascisten!' gilde Joey razend.
'Het was ook niet zomaar. Jij dreigde deze mensen hier te doden,' reageerde de donkere man koeltjes. Een van de agenten in uniform hield Joey in bedwang op de vloer en de ander belt een ambulance.
Joey rolde zich kreunend op zijn rug zodat hij Max aan

kon kijken en schreeuwde: 'Je bent een vuile verrader. Ik pak je terug, wacht maar af!'
'Hou je kalm, dat is beter,' zei de donkere man tegen Joey. Hij richtte zich tot Max, die zwijgend op Joey neerkeek: 'Dat ging maar net goed. Zo doen we het geen tweede keer. Het is dat je ons hebt overtuigd dat er twee levens op het spel stonden, maar dit is te risicovol om ooit te herhalen.'
Max keerde zich van Joey af en antwoordde: 'Het was nodig. Ik ken Joey, hij is gek...'
Hij zuchtte diep en veegde de tranen van zijn gezicht. Zijn wangen kregen weer wat meer kleur.
'Hij heeft mijn zus vermoord...' zei Max toen zacht, alsof hij zijn eigen woorden niet kon geloven. De donkere man knikte en zei: 'We hebben het gehoord. Alles is opgenomen. Het spijt me heel erg voor je, Max.'

De agent in uniform stopte zijn mobiel weg en zei: 'De ambulance is onderweg. Ik help hen wel even overeind,' terwijl hij op Tess en Ruben wees.
'O, Tess!' riep Max uit. Hij werd zich nu pas weer bewust van zijn omgeving, merkte Errol.
De agent in uniform liep naar Ruben toe – die met zijn stoel op de grond lag – om hem te bevrijden van zijn touwen. Ruben kreunde en zei: 'Allemachtig, dat doet zeer, zeg, zo'n kopstoot.'
'Dapper gedaan, jongen, niet verstandig maar wel dapper,' zei de agent, terwijl hij Ruben overeind hielp.
Max knielde haastig naast Tess neer. Ze lag op haar zij,

geklemd aan de stoel. 'Gaat het met je?' vroeg hij en ontknoopte de touwen rond haar enkels en polsen.
'Niet echt. Alles doet pijn,' antwoordde ze,' maar ik ben zo blij dat het voorbij is.'
Max raakte met een vinger even zacht aan het sneetje op haar kaak. Ze glimlachte met trillende lippen, zag Errol, balancerend tussen lachen en huilen.
Max sloeg voorzichtig zijn arm om de middel van Tess en trekt haar op. Hij hield haar stevig vast, zodat ze op hem kon leunen.
'Kom, laten we naar buiten gaan,' stelde de donkere agent voor. 'Frisse lucht zal jullie goed doen.'
'Ik ga eerst even naar de wc,' zei Tess.
'Anders ik wel,' kreunde Ruben.
'Max en ik wachten buiten,' zei de donkere agent.
Tess volgde Max en de agent de hal in.
'Waar gaan jullie heen? Laat me hier niet achter, Max, klootzak, je hebt me verraden...!' krijste Joey.
Errol ziet hoe Ruben zich nog even schichtig bukte bij de deur om het fluwelen tasje op te pakken. Hij klemde het in zijn hand en betastte de bodem. Hij knikte. Toen stopte hij het achter zijn broekband onder zijn shirt en volgde gehaast de anderen.

Tess en Ruben verdwenen om de beurt in de wc in de hal en voegden zich daarna weer bij Max en de agent op de stoep bij de voordeur.
'Gaan jullie zo mee om te getuigen? Jullie kunnen met mij meerijden, ik roep een tweede auto op voor mijn

collega's,' zei de donkere agent. 'Ik laat jullie even alleen om te bellen met het bureau, goed?'
Ze knikten.
'Max, wist je dat de politie zou komen? Je leek niet verrast door hun komst, klopt dat?' vroeg Tess, toen de agent wegliep. Max knikte en vertelde: 'Toen ik vanochtend aankwam in de haven, kreeg ik een anoniem telefoontje. Iemand zei dat Joey op oorlogspad was en jullie hier gegijzeld hield. De man brak het gesprek af, geen idee wie het was. Ik heb even getwijfeld of ik het wel moest geloven, maar ik weet waartoe Joey in staat is. Toen heb ik de politie benaderd. Na lang aandringen gaven ze me een zendertje en lieten ze me alleen het huis ingaan.'
Max tilde zijn shirt op en liet een piepklein microfoontje zien. Snoertjes liepen over zijn borst.
'Echt cool,' zei Ruben en hij floot bewonderend.
'Maar riskant,' zei Tess.
'Klopt. De politie wilde er eerst niet aan, ze vonden het te gevaarlijk, maar ik wist ze te overtuigen. Jullie waren in gevaar, hoe hadden ze jullie anders willen redden? Met mij in het huis wisten ze in ieder geval wat er gebeurde in die kamer, anders moesten ze gissen. We spraken af dat de politie een inval zou doen zodra ik "nu" zou zeggen. Of eerder, als er iets zou misgaan...'
'Het scheelde maar weinig,' reageerde Tess en ze zuchtte diep. 'We hadden echt veel mazzel dat Joey's pistool het niet deed. Zoveel geluk bestaat normaal alleen in films! Ik vond het sowieso net een film, zo'n foute derderangs, een hele akelige...'

'Ja, zeg dat wel. Gaat het een beetje?' vroeg Max bezorgd.
'Ja best, maar hoe gaat het met jou? Met je buik? En met Gloria?' eindigde ze zacht. Ze tilde haar hand op, aarzelde even en streelde toen met haar vingers langs zijn wang. 'Al dat verdriet…' fluisterde ze.
'Gloria… Weet je, ik heb me zo afschuwelijk schuldig gevoeld over haar dood, ik dacht steeds dat het mijn schuld was, dat ze mijn coke had gebruikt. Mijn vader was er ook zo ziek van. Nu ik weet dat dat niet zo is, geeft dat opluchting, maar het weten dat ze vermoord is maakt Gloria's dood zo afschuwelijk vreselijk rauw, zo onnodig. Het is net of ze vandaag opnieuw is gestorven, snap je dat?' vroeg Max en zijn stem brak. 'Ze had nog kunnen leven, Tess…'
Tess pakte zijn hand en zei zacht: 'Ze leeft in jou, in Eve en je vader...'
Ruben kuchte achter hen en fluisterde: 'Gloria's Paradise… dit is een tasje van haar, he?'
Hij haalde het groenfluwelen tasje onder zijn shirt vandaan en hield het eerbiedig omhoog.
Tess knikte kort naar Ruben en keek toen Max weer aan. Die wees naar de oprijlaan: 'Kijk, de ambulance.'
Zwijgend keken Max, Ruben en Tess toe hoe de ambulance stopte voor het huis. Ze volgden hoe twee verplegers uitstapten, de achterklep openden en met een brancard het huis binnengingen, daarbij werden ze begeleid door de donkere agent.
Max, Ruben en Tess gingen dichter bij elkaar staan als-

of ze steun bij elkaar zochten, zag Errol. Ze zeiden niets en wachtten. Even later werd Joey naar buiten gedragen. Zijn woedende kreten klonken gesmoord: 'Fuck you, assholes, fuck you!' Errol zag Joey's kale schedel, die wit oplichtte op de brancard. Hij werd de ambulance ingeschoven en de deur werd achter hem dichtgedaan.

'Opgeruimd staat netjes,' mompelde Errol. De auto reed de oprijlaan af. Rustig, zonder sirenes, alsof er niets aan de hand was. De ambulance werd steeds kleiner op het beeldscherm. Zou dat een mooi laatste shot zijn?

'We vertrekken zo. Ik moet nog even wat gegevens uitwisselen met mijn collega's,' zei de donkere agent. Tess knikte. De drie mannen liepen weer naar binnen.

'God, wat haat ik die vent,' fluisterde Max, de ogen nog steeds gericht op de in de verte verdwijnende ambulance.

'Ik ook,' stemde Ruben hartstochtelijk in.

Tess haalde even die adem en vroeg toen: 'Max, wat Joey allemaal zei... klopt dat? Was je echt zwaar verslaafd?'

Max knikte en antwoordde: 'Ja, en ik had niet eens een excuus voor mijn verslaving. Geen ongelukkige jeugd, geen mishandeling of wat dan ook. Ik had de verkeerde vrienden. Onder andere Joey. En ik geloofde heilig dat ik in cocaïne iets gevonden had, wat me altijd leek te ontglippen: vrijheid, dromen, idealen. Ik ging steeds meer gebruiken, de lijntjes werden steeds langer, binnen een paar dagen was soms mijn weekvoorraad er al doorheen. Als alles op was, zag ik elk wit korreltje of pluisje op de vloer aan voor coke. Zelfs dat probeerde ik dan te snuiven of te roken. Ik vond mezelf geweldig cool, maar ik was zo onvoorstelbaar zielig bezig, het enige wat telde was mijn coke. Hoe klein kan je wereldje zijn! Ik wist dat het vluchtgedrag was, maar toch moest ik het hebben om zogenaamd vrij te zijn.'

Ruben knikte: 'Ik weet wat je bedoelt, je doet alles wat je kunt om te ontsnappen aan je leven, je ouders, jezelf.'

Max vervolgde: 'Inderdaad. Voordat je het weet glij je vanuit de zogenaamde hemel de afgrond in en jij niet alleen. Je trekt iedereen met je mee: je familie, je vrienden...'

Hij sloot zijn ogen en huiverde even. 'Het was vreselijk. Ik ging nooit van huis zonder te gebruiken, ik kon geen telefoongesprek voeren zonder coke, niet slapen zonder coke. Soms leek het zelfs alsof ik niet kon ademen zonder coke. Je raakt aan de grond, krijgt stemmingswisselingen, je steelt van je vrienden en ouders. De wereld verdwijnt en er komt een hel voor in de plaats. Ik stierf af, het was bijna een soort zelfmoord.'

Tess keek even naar Ruben. Hij knipperde met zijn ogen, zag Errol. Leek Max' verhaal in bepaalde opzichten niet op dat van Ruben? Vluchten uit het leven en de dood tarten? Herkende Ruben zichzelf in Max' woorden?

'Mijn licht ging eindelijk aan toen een van mijn cocaïnemaatjes overleed na een epileptische aanval, dat was voor mij het keerpunt. Ik moest de waarheid onder ogen zien, toegeven dat coke levensgevaarlijk was en dat ik zwaar verslaafd was. Ik was losgeraakt van de

wereld en moest de weg terug naar aarde weer zien te vinden.'
Ruben knikte instemmend en vroeg: 'En nu ben je clean?'
'Al een jaar. En sinds vandaag ook bevrijd. Gloria is en blijft dood, maar ik weet nu dat het niet mijn schuld was.'
Ruben schraapte zijn keel, gaf Max het tasje aan en zei met een onvaste stem: 'Hier. Ik schaam me rot dat ik dit tasje heb gebruikt voor de coke, sorry Max. Ik ben helemaal klaar met die rotzooi, geen leugens en gebluf meer.'
'We hadden dood kunnen zijn, Ruben, besef je dat?' zei Tess ernstig.
Ruben knikte en zei tegen Max: 'Je hebt ons gered, bedankt man.'
'Eigenlijk hebben we elkaar allemaal gered vandaag,' zei Tess plechtig. Ze sloeg haar armen om de schouders van Ruben en Max.
Toch een happy ending, dacht Errol, of niet?
Nou, vooruit dan. Voor nu, voor even.

Epiloog

Tess en Errol
Het best bewaarde geheim

2 September

Er werd op mijn kamerdeur geklopt. Snel gooide ik de schone sokken in de la. Ik liep naar de deur, deed hem open en deinsde even terug. Het was Errol. Ik werd telkens weer verrast door zijn massa, die als een zwellende golf over me heen dreigde te spoelen.

'Hallo, Tess. Ik kom jou het huurcontract vast brengen, de andere nieuwe huurder komt morgen. Lees het maar rustig door en als je het getekend hebt, mag je het op de haltafel neerleggen. Dan vind ik het daar wel, goed?'

Ik knikte en Errol reikte me een bundeltje papieren aan.

'Raak je al een beetje gewend aan het huis? Ben je bekomen van je avontuur? Dat was me wel wat, zeg...' merkte hij op.

'Ja, het was inderdaad nogal slikken na die akelige gijzeling. Ik was bang dat ik de nare herinnering niet kwijt zou raken als ik hier zou wonen. Maar dat is niet zo, ik vind het hier heerlijk. En bovendien, de confrontatie met de angst aangaan, is altijd beter dan ervoor weglopen.'

Errol knikte en zei: 'Als ik dat weekje niet was weg geweest, was het misschien anders gelopen. Dan waren jullie niet alleen geweest. Nou ja... maak je geen zorgen. Ik hou jullie allemaal in de gaten zodat jullie niets overkomt.'

'Is bescherming bij de huurprijs inbegrepen?' antwoordde ik lacherig.

Hij knikte met een grijns.

'Nou, bedankt voor het contract, ik zal snel tekenen.'

'Hoe gaat het trouwens met Ruben? Is hij weer opgeknapt? En hoe is het met dat Engelse vriendje van je over wie je vertelde... hoe heet hij ook alweer?'

'Het gaat met allebei goed. Ruben is aan het werk in de kroeg waarboven ik woonde en Max komt in de herfstvakantie op bezoek.'

'Lijkt me enig... zo'n vriend in Engeland. Hebben jullie wel eens een theatervoorstelling bezocht daar?' informeerde Errol.

'Ja, we hebben *The Mousetrap* gezien toen we er met studiereis waren. Ongelooflijk, de acteurs vragen na de voorstelling aan het publiek om het geheim van de afloop te bewaren. Zou iedereen dat ook werkelijk doen?'

Errols ogen glinsterden toen hij antwoord gaf. 'Ik heb het in ieder geval wel gedaan. Ik heb het stuk ook ge-

zien en er nooit met iemand over gesproken. Ik ben goed in het bewaren van geheimen. Het best bewaarde geheim bevindt zich trouwens hier in dit huis,' zei hij, terwijl hij zijn stem tot gefluister terugbracht.
Ik keek hem indringend aan. Zijn ogen leken me te willen hypnotiseren, me binnenstebuiten te willen keren.
'Ja, je bedoelt zeker de uitzonderlijk lage huur voor deze prachtige kamer.'
'Wie zal het zeggen? Ik niet, want dan is het geen geheim meer.'
Errol glimlachte en draaide zich om.

De schermen waren zwart als donkere gaten in het heelal, onpeilbaar en diep. Errol strekte zijn vingers uit naar het paneel en schakelde de camera's in. Hongerig verzamelden ze nieuwe beelden. 'De film is nog niet klaar,' mompelde Errol.